集英社オレンジ文庫

小説家・裏雅の気ままな探偵稼業

丸木文華

目次

イラスト／笠井あゆみ

小説家・裏雅の気ままな探偵稼業
Fiction
Writer
URA
MIYABI

真珠姫

それは生ぬるい泥に浸《つ》かっているような、気怠《けだる》く暖かな春の夕暮れのことでした。

その物体は冷えた体温を持ち、弾力のなくなった硬い肉に干からびて引きつった眼球を嵌《は》め、半ば開いた小さな口からたらりと菫《すみれ》色の細い舌を垂れています。

M子《こ》は部屋の片隅《かたすみ》に静かに横たわるそれを前にして、いつまでも途切れぬ小糠雨《こぬかあめ》のように、霞《かすみ》色の紬《つむぎ》の袂《たもと》を目に当てシクシクと泣いていました。白い靄《もや》のかかったようなふっくらとした頬《ほお》に、ホロホロと可愛《かわい》らしい涙の粒がこぼれています。その水滴が目の前の屍《しかばね》の艶《つや》を失った毛並みの上に落ちると、何やらますますたまらなくなって、頼りない細い肩が瘧《おこり》のように震えました。

この子は何か病気だったのだろうか、それとも、食べさせてはいけないものを与えてしまったのだろうか、とかえらぬ命を思い、様々な後悔をし、M子はいよいよ琥珀《こはく》色の瞳を潤ませています。

つい数日前のこと、彼女は動物嫌いの母親に見咎《みとが》められるのを避けて、拾ってきた茶トラの子猫を自室に匿《かくま》い、お付きの女中《じょちゅう》にも内緒よと言い含め、コッソリとエサを与えていました。そのままここで飼うつもりでいたのですが、学校から帰ってくると、いつも愛くるしい声で出迎えてくれた子猫は冷たくなっていたのです。

(どうして……どうして死んでしまったの……)

のどかな春の風のごとき曖昧《あいまい》な乳白色の沼の底からフツフツと湧いてくる、細かな気泡のような「悲しみ」という感情が心に浮かびます。これをそう呼ぶのかと、M子はそんな心が自分にあったことに驚きを感じていました。

こんなに涙を流すのは初めてのことです。M子は幼い頃からほとんど泣かない少女でした。転んで膝《ひざ》を擦《す》りむいたり虫に刺されたりと、物理的な痛みで涙することはあっても、悲しいだとか、怖いだとか、そういった人らしい脆弱《ぜいじゃく》な感情があまり湧いてこないふしぎな、ある意味死んだような心の持ち主だったので、泣く理由がなかったのです。

けれど、今日ばかりはとても悲しみを感じていました。覚えたての生々しい蒼《あお》い悲哀に浸りながら、M子はその気持ちを持て余しています。豊かな感情を持たぬM子には、どうして自分は悲しいと思っているのかが、理解できないのです。

客観的に考えれば、この子猫を可愛いと思っていたからであり、とてもお気に入りだったからなのでしょう。それなのに動かなくなってしまったので、衝撃を受けたのです。思いもかけぬ事態に動揺し、そしてこの冷たい「悲しみ」が心の奥底からやって来たのです。

こんな風に喪失《そうしつ》感を味わうことは、これまでのM子の平穏な人生で一度もありませんでした。ものを失ったことや得られなかったことがなかったからなのでしょうか。よしんば何かを手放さなければならなかったとしても、ほとんど執着を持たぬ彼女は、何ら特別な感情を覚えなかったでしょうけれど。

M子はH伯爵家の次女です。H家は平安から続く公家名家であり、時の朝廷で大納言《だいなごん》を務めたほどの由緒ある家柄でした。

現在この家には三姉妹がおり、長女のS子《こ》は現在十九歳で一昨年に婿《むこ》養子をとって、昨年男の子を一人産んでいます。次女のM子は現在青山《あおやま》の女学校の本科に通う十五歳で、末娘のK子《こ》は十三歳ですが、姉のM子よりもよほどシッカリとしています。

姫様育ちゆえのボンヤリとした性格と思われがちですが、姉も妹も世の女性たちよりもよほど勝ち気な気性であるので、M子のものはどうやら生まれつきのようです。そう、恐らく彼女は恐怖や悲しみなどの心を、母の温かな腹の内に置いてきてしまったのでしょう。少し抜けたところのある彼女らしい失態です。

けれどM子はただ感情が鈍いというだけの性格ではなく、この死んでしまった子猫のように、一度欲しいと思ったものや、こうしたいと考えたことは何があっても曲げない頑固な一面もあります。というよりも、欲求を抑えられない、我慢ができない、といった方がよいのかもしれません。しかしM子の場合は、大概のものに無関心であり、滅多に何かを欲しいと思わないことが、彼女の融通の利かない性格をさほど表に見せてはいませんでした。

この子猫は、猫だから可愛いと思ったのではありません。M子は別段、どの動物にも関心がなく、そして小さいから好ましいと思ったのでもないのです。自分の甥《おい》であるはずの

S子の子どもでさえ、M子にとってはどうでもよい存在なのです。

　赤子の世話をしているのは主に女中ですが、あるとき屋敷中に響き渡る泣き声のあまりのうるささに、姉のS子が「本当に辟易《へきえき》する、あれだけは耐えられない」と言ったのを、つい「なら静かにさせてしまえばよろしいのじゃなくて」と返してしまったのですが、どうやって、と返されて、M子はその先を口にすることができませんでした。なぜならチョットロをふさいでしまえば、すぐにアレは静かになるでしょう、と考えていたからです。一般的な価値観でいえば、それは残酷な殺人というものでした。

　M子とて馬鹿《ばか》ではありません。これまでの長くはない人生の中でも、決して言ってはいけない言葉というものを学習しています。けれど、M子自身の心はそれを学んでくれないのです。感じたままを言葉にしてしまえば、M子が世間でいえば犯罪者とされるような、ひどく冷酷な人間であること、赤い血の通わぬ、心のない残忍な少女であることが知れてしまうでしょう。無論自分ではそのようなつもりはないけれど、M子が自然と考えてしまうことが、世の中の人々にはギョッとするようなおかしなことなのだ、という事実は認めなければなりませんでした。

　M子は別に人を殺すのが好きというわけではありません。ただ、人々が道端を這《は》いずる蟻《あり》を踏むのを何とも思わないように、背中半分を馬車に轢《ひ》かれて手足をばたつかせている蟬《せみ》を笑って見ているように、人の命が消えるのも何とも思わないだけなのです。そのことが他の人にとっては恐ろしい考えなのだということを、白く無垢《むく》なるM子は知りませんでした。まだ幼いうちにそんなようなことを口にして叱《しか》られ、ナルホドこれはいけないことらしいと知ったものの、心の中では変わらず同じことを考えてしまうのです。自分の心と世の人の心とはまるで黒と白、天と地のごとく異なるものなのだと、M子は悟りました。そしてこれは、どうやっても変えられぬ、純粋な己の性《さが》なのだと。

その理不尽さを常々疑問に感じつつ、この如何《いかん》ともし難い己の内側と外側の世界との乖《かい》離《り》を理解してくれるのは、今のところこの世でたった一人しかおりません。M子が自分に少しでも正直でいられるのは、哀《あわ》れにもその人物の前でだけなのです。

(ああ、本当にどうしよう。この子を今すぐに手放すことなんてできない。もう少し側に置いておきたい)

ひとしきり子猫を撫《な》でた後、M子は離れ難い気持ちを如何ともし難く、これをどうしようか思案しました。このまま部屋に置いておきたいけれど、この死体を女中に見つかればすぐに片付けられてしまうでしょう。掃除をされても見つからない場所に隠さなければと思い、子猫の体を布に包み、マホガニイの机の鍵付きの引き出しの中にしまっておこうと考えました。

子猫の乾いた眼球の上に、どこから飛んできたのか、蝿《はえ》が止まっています。振り払うけれど、また飛んできて、離れようとしません。そうするうちに、また別の蝿もやって来ます。

M子は泣き濡《ぬ》れて腫《は》れぼったい目で飛び回る蝿を眺めながら、去年の夏に亡くなった祖母の葬式でも、その顔に無数の蝿がたかっていたのを思い出していました……。

＊＊＊

かの姫君が元気のない足取りでやって来たのは、しとしとと穏やかな春雨の降る午後のことである。

楽しみにしていた沈丁花《じんちょうげ》の時期も終わり、次に心待ちにしていた八重桜《やえざくら》がようやく美しく咲いたというのに、この雨で散ってしまうのをもったいなく思っていたものの、気に入りの来客に家の主《あるじ》はにわかに気分を持ち直す。

書斎の扉の前で、草花模様の薄藍《うすあい》の縮緬《ちりめん》に生成《きな》り色の帯を締めた美しい少女が、桃割《ももわ》れに結った髪のほつれた白い項《うなじ》を垂れて、寂しげに佇《たたず》んでいるのを見ると、退屈な春の午後の風景も、にわかに活気を帯びたように生き生きとして見えてくる。

「おや、どうしたのですか。そんな顔をして」

「雅《みやび》兄様、私を少しだけこちらに置いてくださる？」

「ええ、もちろんいいですよ。今お茶を淹《い》れさせます」

「どうぞお構いなく……」

伴われてきたお付きの女中は慣れた様子でこちらに頭を下げ、静かに引き下がってゆく。

この家の裏手にある春宮《はるみや》伯爵家の次女、茉莉子《まりこ》は、時折こうしてこの売れない作家の侘《わび》しい一人住まいの家に足を運ぶ。

作家の筆名は裏雅《うらみやび》という。敬愛する中国の詩人、李賀《りが》の名を当て字にしたもので、本名は雨森良人《あめのもりよしひと》。その名は好きではないので近しい人々には筆名を呼ぶようにと頼み、この風変わりな華族令嬢にもそうさせている。

「雅兄様、今お仕事中でらしたの」

茉莉子は机の片隅に置かれた原稿に目を留める。

「どんなものを書いていらっしゃるの。拝見しても？」

「いいえ、いけません。これはまだ草案の段階ですから」

雅は慌ててその原稿を手近にあった茶封筒の中へ押し込み、茉莉子の目から隠した。目の前の人物を書いていたものと露見しては、あまりに決まりが悪い。

「そういえば、あの子猫はどうしましたか」

「え、子猫」

「以前あなたが話してくれた子猫です。死んでしまったと言っていたでしょう。少し側に置くつもりだと」

茉莉子は力なく項垂《うなだ》れる。随分なことがあったと見え、とても疲れている様子だ。

「元気がないようですね」

「ええ。実はその猫のことで、私、今お屋敷から追い出されたのです」

棒立ちになっている少女に椅子《いす》を勧め、黒檀《こくたん》の円卓の前に座らせると、丁度合わせたように女中の老女が緑茶と豆大福を運んでくる。

「ほう……。それはまた、どういった理由で」

「私の部屋、とても臭いのですって」

この麗《うるわ》しい姫君の口から出るにはあまりにも不似合いな言葉が飛び出し、雅は思わず目を瞠《みは》った。

「臭い？　一体、なぜそんなことに？」

「お話しした内緒で飼っていた子猫の死体、手放すのも忍びなくて、こっそり机の引き出しにしまっておいたと言いましたでしょう。そうしたら、中で腐ってしまっていたらしくって。包んでいた布を開いてみたら、肉が溶けて、白い骨が露出していました」

「それはそれは……確かに、もう随分暖かくなってきましたからねえ」

「私、全然気づかなかったのですけれど、それはもうすごい臭いなんですって。漏れた体液で机は丸ごと捨てなくてはいけなくなったし、そこに入っていたノオトも教科書も、すべて取り替えなくてはいけないらしいのです。お部屋中に臭いが染み付いてしまったから、しばらく私のお部屋は使えないのですって」

つまらなさそうに淡々《たんたん》と状況説明をする口ぶりに、雅は苦笑した。想像するだけで鼻先に腐臭が漂ってきそうな話である。まことに、この美しい少女に似つかわしくない――いや、もしかするとこれ以上に刺激的な組み合わせはないのかもしれないが。

「肉が腐ると、大変な臭いがしますからね。それは仕方がないでしょう」

「私、どうしてそんな強い悪臭がわからなかったのでしょう。どうやら、私自身に臭いがついていたのをお母様がお気づきになって、それで露見したらしいのです」

「茉莉子さんは、昔からそうでしたね。牧場なぞへ行って、皆が家畜《かちく》の糞尿《ふんにょう》の臭いに顔を顰《しか》めていても、あなたは平気な顔をしていましたから」

「ええ、そうなのです」

と、茉莉子は頷《うなず》いて、ぼんやりと首を傾《かし》げている。

「あなたは何でも鈍い、とお母様に叱《しか》られました。でも、これはどうやったら治せるのでしょうか」

「治せなくとも、よいのではないですか。生まれつきなのでしょうから、それも含めて茉莉子さんなのですよ」

茉莉子は美しい目を見開いて、雅を見つめた。甘く澱《よど》んだ春の淡い光を吸って、薄い色の瞳がみずみずしく輝いている。

可愛らしい、おかしなお姫様。この世界に咲いた奇妙な色形をした、どの花とも似ていない、眩《まばゆ》い雪白の美しい花。その花芯《かしん》には、愛らしい見た目を裏切るような、人の命さえ奪いかねない猛毒が潜んでいる。

「雅兄様は、いつもそう言ってくださるのね。だから私、ここへ来たのだわ」

「ええ。僕はあなたの信奉者《しんぽうしゃ》ですからね」

「信奉者だなんて、大げさですわ」

「本当ですよ。僕はもう随分前から、心の中でこうあなたを呼んで敬《うやま》っているのです。真《しん》珠姫《じゆひめ》、と」

白い姫君、真珠姫。風変わりな名称と思ったか、茉莉子はふと眉をひそめる。

「まあ、おかしな名前。それは私のことなのですか」

「ああ、李賀の詩の真珠という女のことではありませんよ。誤解なきよう」

「そんな詩なんて知りませんわ、私。じゃ、真珠姫ってどんな意味なのです」

「だって、茉莉子さんは随分と白い。僕は彩りあふれるものを好みますが、あなたほど外見も心も白い人はなかなか面白いと思うのです」

茉莉子は色彩の欠落した少女である。白い皮膚は元より、髪もやや栗《くり》色に近く、褐色《かつしよく》の瞳は光の加減で琥珀色にも見えた。ときに、異人の血でも入っているのかなどと人々は訊ねるが、そういった事実はないらしい。ただ連綿と重ねられてきた血のささやかないたずらが、茉莉子の外見に現れたに過ぎないのだろう。そして、その欠落の白は内面をも染め上げている。

「ところで、どうしてそんなに長く猫を手放せなかったのですか？　もう死んでしまっていたというのに」

「ええ。でも、とても大事にしていたのです。道端に子猫一匹衰弱《すいじゃく》していたのを見たときに、ひと目で気に入ってしまって。連れ帰ってエサを与えていたのですけれど、病気だったのか体が弱かったのか、すぐに死んでしまったのです。でも、側に置いておきたくて」

「おやおや……それはまた、青頭巾《あおずきん》のような話ですね」

「青頭巾？　雨月《うげつ》物語のですか」

茉莉子はキョトンと目を瞠った後、心外だというように小さくかぶりを振る。

「あれは僧が稚児《ちご》の死体を食べてしまう話ではありませんか。私は、猫の肉は食べたいと思いませんわ」

「愛《いと》おしく離れ難いと思うのは同じではないでしょうか。しかし、僕が驚いたのは、あなたがそれほどに執着するものがあるということです」

「ええ。滅多にないことです。だから、本当に残念で」

「他の猫を飼ったらどうですか」

「他には興味がありませんの。人も猫も犬も、全部同じです」

真珠姫は周囲に対して等しく冷淡である。人間と動物の区別がないのはやはり特異と言わざるをえないが、今回特定の猫に愛着を持ったことは非常に珍しく、雅にとっても興味深い案件だった。

「全部同じ？　その辺りを歩いている人も、茉莉子さんの家族もですか」

「ええ、同じ」

「それでは、僕は？」

茉莉子は少し考えるような顔をする。

「雅兄様は、少し違うわ」

「では、僕の死体も側に置いておいてくれますか」

「雅兄様なら……」

微《かす》かに、茉莉子は喉《のど》を鳴らして、「何でもないわ」と横を向く。

ふと庭先を眺めると、春雨はようやく上がった様子である。八重桜もさほど散ってはいないようで、雅は胸を撫で下ろした。

（この世の美しいものは、いつでも脆《もろ》く儚《はかな》いものだ）

そして、すぐに消えてしまうからこそ、その姿は美しさを増すのだろう。永遠の美があるとすれば、それはこの地上の生き物がすべて息絶えてしまっても、何ら変わりなく存在している自然に他ならない。

　自然とは雄大であり、慈《いつく》しみ深く、そして同時に残酷である。自然は恵みを与えてくれるが、気まぐれに災害を起こし数多《あまた》の生命を奪う。そこに心はない。その無感情な美の姿を、雅は茉莉子の上に見ているのだ。

（けれどもちろん、彼女にまったく心がないなどとは思っていない……子猫を愛したのもそのひとつ……そして、この僕に向ける曖昧な好意というものも）

　茉莉子の好悪《こうお》がどのように判定されるか、現時点では謎である。その猫もなぜ気に入ったのか、恐らく自分でもわかっていないだろう。それを解き明かすためにその猫を見てみたかったが、腐って溶けてしまっているのでは仕方がない。

「茉莉子さんは、その猫の何が気に入ったのです」

「わかりませんわ。茶トラの小さな猫でした。ただ可愛いと思ったのです」

「そうですか……他に何か、これまでの猫と違うことがあったのですか」

　わかりません、と答え、茉莉子は不満げに雅を見つめる。

「雅兄様、まるで尋問みたいです。どうしてそんなことを聞くのですか」

「前にも言ったでしょう。僕は茉莉子さんを研究したいのだと」

「そんなことが、兄様の小説のお役に立つの？」

「ええ、きっとね。それよりも、僕一個人の好奇心です」

　茉莉子は白い頬を微かに紅潮させ、愛らしい微笑を浮かべる。こんな表情の持ち主が、どうして人として虚《うつ》ろな心を内包していると知れるだろう。

「雅兄様は、正直な方ね」

「茉莉子さんも、正直な人ですよ」

「雅兄様の前だけですわ。兄様は、こんな私を面白いと言ってくださるから……」

茉莉子は普段、その年頃の少女と変わりない、一般的な性格を装おうと努力している。本当は人の心からはかけ離れた、真っ白な真珠姫であることを隠しているのだ。

その輝きは雅の前にしか現れない。そう、雅はその人とは違う内面を、恐ろしいとは思わない。なぜなら自分も似たような心理を有しており、そして彼女に共感する部分があるからだ。まったく同じと言わないまでも、通じ合う何かがあると、茉莉子も感じているからこそ、こうしてその正直な心情をあらわにしてくれている。

「ねえ、雅兄様。私はわからなかったのですけれど、動物が腐るときの臭いって、どんな臭いなのですか」

「そうですね……想像しうる限りの、最も嫌な臭いではないでしょうか」

「どうして人はそれを嫌な臭いと感じるのですか」

なかなかに哲学的、いや、これは生物学的なのか、科学的なのか、とにかく返答するのに困難な質問である。なぜ、臭いを感じるのか、などということは、あまりに日常的なことであり、これまで改めて考えてみたこともない。小さな発見に新鮮さを感じながら、雅は首をひねって考えた。

「やはり、腐ったものを食べてしまうことで健康を害してしまうからなのでは。本能的に『毒』だと感じるのだと思いますよ」

「蝿は腐臭を好んで寄ってくるけれど、それは腐った肉が養分になるからなのですね。毒にたかっているわけではないのでしょう?」

「ええ、きっとそうなのでしょう。腐ったものから発せられる臭いか、または別の物質かわかりませんが、それに誘われてやって来るのですからね」

「じゃあ、何も感じない私にとって、腐るとはどういうものなのかしら……もちろん、食べればお腹《なか》を壊してしまうと思うけれど」

「茉莉子さんはきっとそういうものとは無縁なのですよ。だから何も感じないのです」

だってあなたは冷たく美しい宝石なのですからね。心の内でそう呟《つぶや》きながら、ふしぎそうな顔をしている茉莉子を眺める。

彼女は様々な煩《わずら》わしいものらから遠い存在なのだ。恐怖も親愛も、腐臭も芳香《ほうこう》も、彼女にとっては等しく無に近いものである。それを美しいと思ってしまうのは、自身がやはり多少なりともそういったものに振り回されているからなのだろう。

「じゃあ、私と縁のあるものは本当に少ないのだわ」

「そんなことはないと思いますよ」

「だって、何も感じないものばかりなんですもの。みんな同じ」

「あの子猫は本当に珍しかったのですね」

「ええ、そうなんです。今度こそ注意して、逃がさないようにしなくっちゃ……」

最後は小さく、しかしはっきりと呟いた茉莉子に、何を、と聞き返すのがなぜか躊躇《ためら》われて、雅は曖昧に微笑した。

子猫が死んだことを、逃げられた、と思うのが彼女らしい心情だと感じる。しかし、それはもっともなことだろう。決して手の届かない場所に行ってしまったのだから。

庭木にうっすらと靄がかかり、八重桜の色が白く滲《にじ》むようである。雅にとっては好ましいと思えるこの景色が、茉莉子の目にはどう映っているのだろう。

その琥珀色の硝子《ガラス》玉のような瞳は、何も見えていないようであり、すべてを見通しているようでもある。愛しい子猫の死体を腐るまで手元に置いておくような、世間から見れば異様な心理の持ち主ではあるが、雅には理解ができる。

彼女の愛とは、所有することなのだ。心を通わせることではない。その愛は、生き物に対しても、ただの物に対しても、同じなのだろう。だから、死体でも構わなかったのだ。

真珠姫は薄ぼんやりとした気のない眼差《まなざ》しで雅を眺めた。春霞《はるがすみ》のような茫洋《ぼうよう》とした微笑をけぶらせ、「そろそろお暇《いとま》しますわ」と、細い項を垂れ、長い睫毛《まつげ》を伏せた。

少女

幽霊

あなたは無垢《むく》でなくてはならない
あなたは清廉《せいれん》でなくてはならない
あなたは可憐《かれん》な蕾《つぼみ》のままでなくてはならない
そのささやかな甘い香りを、愛らしい蜜を、処女の肉体の内に閉じ込めていなくてはならない
女になることは罪悪であり恥辱《ちじょく》であり、禁じられた果実を貪《むさぼ》る恐ろしい過《あやま》ちなのだから
あなたは永遠に、私だけの少女でいなくてはならない——

＊＊＊

「ねえ、あなたはご覧になった？　噂《うわさ》のあのこと」

「いいえ、私そんな想像するのも怖くって。あなたは？」

「私、見たような気がいたしますわ。夕暮れ時、影の落ちた暗い教室の片隅《かたすみ》に、白い何かがぼうっと……」

「きゃあ、嫌だ！　お願いやめて頂戴《ちょうだい》、私明日から学校に来られなくなってしまう」

女学校の少女たちはいつでも罪のないお喋《しゃべ》りに忙しく、さえずることをやめない。しかし近頃のかしましさはいつもと少し異なっているようだ。

良家の子女が通うこの青山《あおやま》の学校ではさすがに品のある言葉が交わされているものの、その騒がしさは世間一般の娘たちと何ら変わりない。矢絣《やがすり》などの銘仙《めいせん》に海老茶袴《えびちゃばかま》を穿《は》き、一様にお下げを結った少女たちは、好奇心に輝く瞳をくるくるとよく動かしながら、楽しげに、あるいは恐ろしげに、肌寒い初秋の朝から季節外れの怪談話で盛り上がっている。

そのやや奇妙な状況をそれとなく観察しながら、春宮茉莉子《はるみやまりこ》は、手前に座る友人の元木《もとき》多恵《たえ》の顔色が悪いのに気がついた。

元より色白な顔が、更に色をなくして青ざめている。教室の窓からこぼれる冷たい秋の光のうちに、小さな細い体が溶けて消えてしまいそうだ。茉莉子はつと多恵の着物の袖《そで》を引き、その顔を覗《のぞ》き込んだ。

「多恵様、ご気分でもお悪いの？」

「いいえ、大丈夫……」

「でも、何だかお顔色が優れないわ」

「そうかしら。本当に何ともありませんのよ」

ありがとう、と弱々しく微笑《ほほえ》む多恵に、茉莉子は芙蓉《ふよう》の花を思い浮かべる。白く透き通るほどの小さな顔。同い年の自分にも庇護《ひご》欲を起こさせるような儚《はかな》い魅力が多恵にはある。

「皆さん、お席について。朝からはしたなく騒ぎ立てるのはおやめなさいね」

担任教師の酒田《さかた》よし子《こ》が柔らかな声音《こわね》でたしなめながら入って来た。三十四名の少女たちは大人しく言いつけに従いながらも、まだ噂話の興奮に浮ついている。

いつも通りの風景。けれど、いつもと少しだけ違う。

茉莉子はその不可思議な噂話について考えた。近頃、この女学校で幽霊が出るというのである。しかも、それはただの名も知らぬ魂というわけではない。この春に病で亡くなった米倉八重子《よねくらやえこ》という女学生の霊だというのだ。

(私は幽霊なんて見たことがないけれど……多くの生徒たちがそれらしきものを目撃しているみたい。本当にここに彼女の霊がいるんだろうか)

八重子のことは茉莉子も知っている。特に仲よしというわけではなかったけれど、少し気が強いというか、病弱なために甘やかされたお姫様の典型という印象の少女で、いつもちょっとした諍《いさか》いを起こしているような性格だった。そのためにある意味目立つ存在だったのだけれど、茉莉子自身は特に彼女に対して何の感情も抱いていない。それは八重子に限ったことではないのだが。

（そういえば、八重子様は多恵様ともよく喧嘩《けんか》をしていたのだっけ）

八重子と多恵は犬猿《けんえん》の仲だった。多恵はどちらかといえば大人しい気性で、自《みずか》ら誰かを批判したり文句を言ったりする人物ではない。しかしどういった巡り合わせか、前世の因縁でもあるのかないのか、二人は致命的に反りが合わないようだった。

顔を合わせるだけで不快感に表情は歪《ゆが》み、ひと言でも喋ればたちまち険悪な雰囲気になる。二人の仲の悪さは有名だったので、八重子が亡くなったとき多恵がどのような反応をするのか皆密《ひそ》かに見守っていたが、当の本人はつくねんとしてただいつものように白い顔で窓の外を眺めているだけだった。

「多恵様、やはりお顔色が優れないようですわ」

「そりゃ、あれだけ仲の悪かった八重子様の霊が出るというのですもの、よい気持ちはされないでしょ」

教師の言葉などどこ吹く風、茉莉子の後ろの席で噂話は八重子の霊から多恵にまで及んでいる。中にはかの幽霊は多恵を恨んでさまようているのだとまことしやかに話す者まであるものの、茉莉子には化けて出るほど八重子が彼女を憎んでいたとはどうしても思えない。喧嘩をしていたといっても所詮《しょせん》小競り合い程度だ。そのくらいのことで幽霊になってしまうのなら、この世は魑魅魍魎《ちみもうりょう》であふれ返っていることだろう。

多恵の顔色が悪いのは、何か別の理由があるのである。そう何となく考えを巡らせながらぼんやりと一日を過ごしていると、あっという間に授業の時間は終わってしまった。そろそろ帰らなくてはと思ってようよう準備をしていると、茉莉子の肩をぽんと叩《たた》く者があった。

「はい？」

「春宮さん、ちょっとよろしいかしら」

担任の酒田よし子である。首を傾《かし》げていると、少し聞きたいことがあると教室の外へ連れ出され、渡り廊下を歩き別棟へ入って、階段を二階まで上がって、廊下の端の音楽準備室へ通される。

よし子は音楽の教師だ。向かい合って座ると、ほとんど同い年の少女たちと変わらないような幼い顔がそこにある。雲雀《ひばり》のような声と喩《たと》えられるほど可憐な歌声を持ち、その年齢を感じさせないみずみずしい容貌《ようぼう》も相まって、多くの生徒たちにまるで友人のように慕われている。

よし子自身、教え子たちに親しく接せられることに喜びを感じているようだった。実際の年齢は確か三十を超えていたはずだが、未《いま》だに独り身で、吉屋信子《よしやのぶこ》などロマンティックな少女小説を愛読しており、十以上も下の少女たちに囲まれる生活では、若いままなのも当然かもしれない。

「近頃の妙な噂、ますます大きくなっているみたいね。あなたもよく聞くようになったでしょう」

　よし子の白い指先が優しく組み合わされ、解かれ、様々に形を変えてゆくのを、茉莉子は小動物を観察するときのような心持ちで眺めている。

「春宮さん」

「あ、はい。左様でございますね。いつも皆様その話ばかりをなさっております」

「あなたはその、噂の幽霊を見たことがおあり？」

「いいえ、一度も」

　茉莉子が正直に答えると、「そう」と俯《うつむ》き、よし子は何かを考えるように小首を傾げる。

「見ていない子もいるのね。まるで全員が米倉さんの幽霊を見たと言っているように聞こえたものだから」

「すみません」

「あら、謝ることなんてありませんよ。私もおかしなことを聞いてしまったわね」

　ころころと鈴を転がすような可愛《かわい》らしい笑い声。珊瑚《さんご》色の唇の端にきらりと光る愛らしい八重歯が見える。屈託のない笑顔はいかにも無邪気で、この人は自分よりもよほど少女らしい、と茉莉子は考えている。

「ただ、あんまり皆さんが騒いでいるようだったら、それとなく注意してもらえたらと思って。最近、ちょっと騒がしさが過ぎると思いますの」

「ええ。春宮さんの言うことなら、きっと皆さん聞くでしょう?」

そんな風に思われていたとは知らなかった。茉莉子はあまりに意外なよし子の発言に呆《あっ》気《け》にとられてしまう。

「そんなことはないと思います」

「あら、そう? 元木さんが春宮さんは頼りになると言っていたのだけれど」

多恵のような大人しい少女からすれば、ぼんやりした自分のような性格でもそう見えるのだろうか。

そういえば、生徒たちに人気のよし子は特に多恵と仲がいい。年齢は離れているけれど、隣に立っているとまるで姉妹のようにも見える。多恵が「酒田先生は私をかつての自分のようだと言って可愛がってくださるの」と言っていたけれど、二人の顔立ちはなるほどよく似ていた。白く線の細い輪郭《りんかく》、子うさぎを思わせるようなつぶらな瞳、紅の花びらがふたつ合わさったような唇と、すべてが小さく華奢《きやしや》な造りにできており、背丈はよし子の方が高いものの、触れれば容易《たやす》く壊れてしまいそうな硝子《ガラス》の細工物のように繊細な雰囲気は、並んでいれば対で創《つく》られた人形のように見える。

美しい者はとかく噂をされやすい。よいことも悪いことも、誇張《こちょう》されて話が膨らんで流れてゆく。仲が悪ければ恨みに思って化けて出たと囁《ささや》かれ、仲がよければあの方々は『エス』なのではないかと冷やかされる。

エスとは女学校での生徒たち、または生徒と教師の間の親密な関係を指して称する隠語のようなものだ。

八年前の明治末期に、新潟で女学生同士の心中事件があった。それまで女学校の密やかに息づいてきたこの秘密の慣習は、その事件により世間に晒《さら》され、問題視されながらも緩やかに連綿と続いてきた。

よし子と多恵がエスの関係であろうとなかろうと、それはさして特別なことではない。けれど、一部の友人たちの間では、多恵のとある事実によって、この噂が本当ではないのだと知れていた。

「酒田先生、噂といっても本当に見たと言っている方々が多いのですから、私が何を言っても変わらないと思います」

「そう……。困ったわ。しばらくは、騒がしいのも仕方がないのかもしれませんね」

「酒田先生は幽霊をご覧になったのですか」

「いいえ、ありません」

よし子はきっぱりと否定した。

「皆見間違いをしているだけだと思うわ。そのうち飽きて、幽霊のことなど忘れてしまうでしょう」

茉莉子は音楽準備室から放免されたが、何となくふしぎな心地がする。わざわざ自分を呼び出さなくとも、よし子自ら皆に注意した方が効果的なのではないか。もしくは、茉莉子などよりもよほど活発で優秀な生徒に頼むべきだ。

仲のよい多恵が茉莉子を頼りになると言ったからといって、それを容易く信じてしまうのは、よし子らしいといえばらしいのだが。

「茉莉ちゃん」

廊下を歩いて教室のある校舎へ向かう最中、横から声をかけられる。顔を見ずとも、その呼び方だけで誰だかわかった。丁度階段を上がってきた幼なじみの城之内紗也子《じょうのうちさやこ》が、少し心配そうな顔をして茉莉子を見つめている。

紗也子は背の高い大柄な少女で、他の生徒たちよりも頭ひとつほど大きいのでどこにいてもすぐにわかる。父親の城之内侯爵が六尺近くもある大男なのが遺伝したのだろう。顔立ちも父親似であるが、手足のゆったりした肉置《ししお》きと黒々とした豊かな美しい髪、優しい丸い顔の輪郭、重たげな瞼《まぶた》の下から細く覗く濡《ぬ》れた黒目、太く高い鼻、厚みのある赤い唇は、ときとして同い年には思えないほど、菩薩《ぼさつ》のごとき大らかさと、しっとりとした色香《いろか》を感じさせることがあった。

茉莉子とは父親同士の仲がよいので幼い頃からよく遊ぶ仲だったが、紗也子の方がぐんぐんと身長が伸びていき、顔立ちも大人びていったのに比べて、茉莉子はいつまでも小柄であったので、二人で歩いていると、知らない人にはよく歳《とし》の離れた従姉妹《いとこ》と間違われたものである。

「紗也ちゃん、どうしたの」

「どうしたのって、こちらの台詞《せりふ》よ。一緒に帰ろうと思っていたらいつの間にかいなくなっていて、先生に連れて行かれたって聞いて、心配したわ」

「どうして」

「何か、叱《しか》られるようなことでもしてしまったの？」

「嫌だ、そんなんじゃないわよ」

　心配性の幼なじみに、茉莉子はくつくつと笑った。小さい頃からの仲なので、言葉遣いも遠慮がない。あまり砕けた物言いをすると下品だと言って叱られるが、大人のいない場所であればわざと蓮《はす》っ葉《ぱ》な物言いをしたりして楽しむこともある。

「何だか近頃、幽霊の噂があるでしょう。そのことで話を聞きたかったらしいの」

「ああ、あの、八重子様の」

　紗也子とこの話をしたことはなかったが、口にすれば誰でもすぐにそれとわかる。そのくらい、幽霊の噂は少女たちの間で蔓延《まんえん》しているのだ。

「その噂で皆が騒ぎすぎているから、それとなくたしなめてほしいと言われたのよ」

「え、茉莉ちゃんが？　まあ、それは大役じゃないの」

「本当ね。酒田先生ったら、多恵様から私がしっかりしているようなことを聞いて、信じてしまったらしいの。変でしょう」

紗也子はすぐに合点して、高い伸びやかな声で笑う。

「本当、おかしいわね。でも、ひょっとすると、他の方々はそう思っているのかもしれなくってよ。私は、茉莉ちゃんがとてもぼんやりした、面白い人だと知っているけれど」

「まあ。私、しっかりしているように見えるの？」

「何というか、冷静に感じられるのかもしれないわ。あなたって、ちょっとやそっとのことじゃ動じないじゃないの。女の子なら、少しのことで悲鳴を上げたり、驚いたり、こと次第によると気を失ってしまうほど感情が昂《たかぶ》ってしまうことだってあるのに、茉莉ちゃんがそんな風に大きな声で騒いだのって、見たことがないわ」

さすがに幼なじみの紗也子の言うことは的を射ている。

茉莉子は、目の前で何か驚くべきことや深刻な事態が起こっても、いつでもどこか他人《ひと》事《ごと》のように感じてしまって、咄嗟《とっさ》に自分の受けたはずの衝撃や激しい感情をあらわにできないところがあった。何事も、遠いところから俯瞰《ふかん》しているような、ふしぎな隔たりがあって、薄い乳白色の靄《もや》の奥からそっと覗き込んでいるような曖昧《あいまい》な感覚である。

どうしてこんな風にぼんやりな娘に育ってしまったのかは自分でもわからず、説明もできないが、普通を装っていれば困ったことも特に起きていないので、直そうとも思っていない。この性質は生まれつきというより他なかった。

「いつだったかしら、銀座《ぎんざ》でお食事をした帰りに、通りへ出たところで酔った人たちが喧嘩をしていたでしょう。一人が道端へ倒れた人へ馬乗りになって、めちゃくちゃに拳《こぶし》を振り下ろしていて。私や桜子《さくらこ》さんや琴《こと》ちゃんは恐ろしくって見ていられなかったのだけれど、茉莉ちゃんだけは何だか物珍しそうにじっと観察していたのよね」

　確かに、そんなことが数年前にあった。喧嘩の場面などそうそう見られるものではないのでよく覚えている。

　蒸し暑い夏の日の夜だった。通りで酔っ払いが二人、上になり下になり、やたらめったらに拳を振り上げ、振り下ろすことを繰り返し、どちらも顔を血潮に染めて、互いに罵声《ばせい》を浴びせていた。着物の裾《すそ》が捲《めく》れて浅黒い足がにょっきりと突き出し、それがひどくじたばたと暴れて地面を引っ掻《か》いたり、もつれ合ったりしているのを見ながら、まるで浜に打ち上げられた魚のようだと思ったものだ。

「驚いたわ。おじさまに腕を引っ張られてようやく自動車に乗り込んで、後で『どうしてあんなに見ていたの』と聞いたら、『男の人の顔が色んな形になってふしぎだった』なんて言ったのよ、あなた」

「だって、びっくりして。人の顔って、案外柔らかいと思ったのよ」

「柔らかいんじゃないわ、骨が折れているのよ。大怪我《おおけが》よ、私なんて思い出すだけで震え上がってしまう」

　紗也子の言葉を、茉莉子は理解しつつも、どうしてそんなに怖がることがあるのかとも思う。自分たちは見ていただけで、実際に殴られていたのは見も知らぬ男なのだ。それなのになぜ、それほどに恐怖を感じてしまうのだろうか。

「そんな風だから、冷静沈着と思われるんだわ。少し付き合っていれば、あなたがただぼんやりしていて、ちょっとした変わり者で、落ち着いているってわけじゃないのはわかるのだけれど。でも、酒田先生ならそう思ってしまうのは仕方がないわね」

「先生は、とても親しみやすい人だものね。仲よしの多恵様の言うことなら、間違いないと思ったのね」

「あの先生は、ひょっとすると私たちよりも子どもなんじゃないかしらと感じてしまうことがあるわ。一回り以上も上だというのにね」

「そうよ。紗也ちゃんの方が、よほど先生のように見えるわよ」

　教師たちよりも背の大きいことをからかうと、「まあ、言うわね」と、笑いながらぽんと厚みのある白い手で肩を叩かれた。

　紗也子も、茉莉子のような娘が幼なじみであるためか、実の姉のように面倒見がいい。歳の離れた兄が一人いる末っ子だけれど、甘えたところは少しもなかった。それも、茉莉子が『ぼんやりしている、ちょっとした変わり者』だからかもしれない。

　二人はお喋りをしながら教室へ戻り、帰り支度をして校舎を後にした。本郷《ほんごう》、小石川《こいしかわ》と家の方面が近いので、紗也子とはいつも一緒に市電とバスを乗り継いで帰宅する。本科へ通ってしばらくは家から女中《じょちゅう》がやって来て一緒に帰るか、迎えの自動車が来ていた。今でも、学校や稽古《けいこ》事から家に帰るまでの道のり以外はよくわからない。一人で出歩くことは滅多にないので、その必要もないのだが。

「ところで、紗也ちゃんは、八重子様の幽霊を見たことがある？」

「ないと思うのだけれど、あんまり皆が噂するものだから、少し怖くなってきていたところよ。幽霊なんて見たくないけれど、本当にいるのかもしれないわ」

「酒田先生は、そのうち皆飽きて噂をやめるだろうって」

「そうね……何か他に面白いことでもあれば、きっとそちらに夢中になってしまうと思うわ。今年の初めだって、皆夢中になって松井須磨子《まついすまこ》のことを喋っていたじゃない」

「ああ、亡くなってしまったのよね。私、有楽座《ゆうらくざ》でやっていたカルメンが見たかったのよ。でも、お母様があんな愛だの恋だのの舞台はだめだって。もうあの人の舞台は二度と見られなくなってしまったわ」

「あのときは大騒ぎになったけれど、すぐ他の話題に移ってしまったものね。春には八重子様がお亡くなりになったし、その後もお隣のクラスの、あの、名前は何といったかしら、すごく綺麗《きれい》な方が失踪《しっそう》されて、皆でその話をして……」

「あの方、結局まだ見つかっていないのかしら。心配ね」

と言いつつ、茉莉子も今しがた紗也子にその件を口にされるまで忘れていた。所詮は他人事である。親族か近しい関係でもない限り、たとえどんなに衝撃的な事件があろうと、人々はそれを忘れ去ってゆくものだ。気まぐれな少女たちはそれが殊更《ことさら》に早い。

「本当に、考えてみればこの年も色んなことがあったんだわ。皆すぐに忘れてしまうけれど……。でも、今回の件はどうかしら。何しろ、あんまり身近なことで、今も続いている話なんだもの。すぐにはやみそうにないわね」

本当に、ここのところの少女たちは幽霊騒ぎに夢中である。幽霊などいない、と誰も声を大にして言わないからか、八重子の幽霊像は徐々に確かなものとなってゆく。

そして、よし子の予想は見事に外れてしまった。八重子が幽霊となって学校をさまよっているという噂話は、にわかに真実味を帯びてくる。

元木多恵が、校舎の屋上から身を投げて死んでしまったのだから。

売れない小説家

その寂れた家屋は、春宮伯爵邸の丁度真裏に位置している。

本郷の根津《ねづ》神社にほど近く、江戸の昔に豪商が愛妾《あいしょう》を囲うために買った土地らしい。大陸好みだったとみえ、かつては華やかであったろう異国風の家がすっかり荒れ果てていたのを、現在の主《あるじ》が建て直したものだ。外観はほとんどそのままに、中の居間は和風、主の書斎は洋風と、珍妙なあべこべ具合となっている。

家屋自体は二十坪ほど。独り身の主と通いの家事をする老女が一人。定期的に庭師が入り、小さいながらも手入れのゆき届いた日本庭園がある。主の趣味で様々な色の牡丹《ぼたん》が植えられており、十月中旬の今、輝くような黄金《こがね》色の金木犀《きんもくせい》と、鮮やかな紅色の寒牡丹《かんぼたん》がその花を爛漫《らんまん》と咲かせ、秋も深まる寂しげな空気の中に憂いを帯びて涼風に揺られている。

「ごめんくださいませ」

休日の昼下がり、茉莉子は手土産の餅《もち》菓子の包《つつみ》を提げ、ほとほとと格子《こうし》の引き戸を叩く。

「雅《みやび》兄様、いらっしゃらないの」

ややあって、「庭へ回っておいでなさい」と涼やかな低い声がかかる。茉莉子はついて来ていた女中に頷《うなず》いてみせて、先に帰らせた。

結婚前の娘が男の一人暮らしの家を訪ねるのは不品行であり、しかも茉莉子の家は伯爵家なので、お付きの女中がいつもついて来る。けれどずっと待たせているのも気の毒なので、いつも先に帰らせて、遅くなればまた迎えに来てもらうというやり方をしていた。何せ話が長くなる。この家の主は親戚同然に昔から付き合いのある人物なので、珍しいほどに寛容な両親は茉莉子の行為を黙認している。

主に言われる通りに玄関から飛び石の上を歩いて庭の方へ回ると、主の男、裏雅《うらみやび》が書斎の縁側であぐらをかいて敷島《しきしま》を吸っていた。傍《かたわ》らには書きかけの原稿と万年筆が無造作に置かれている。

「お仕事中?」

「ええ、まあ。少し立ち止まって、内容を考え直しているところです。どうかしましたか、真珠姫《しんじゅひめ》」

懲《こ》りずにその名を呼ぶ雅に、茉莉子は何とも嫌な心地になる。

「その名前は、やめてくださる」

「どうしてですか。あなたにとても似合うのに」

「白いから、というだけでしょう」

茉莉子は、自分の色素の薄いのが好きではない。嫌いというほどでもないけれど、その特徴からおかしな名前をつけられるのはどうも妙な感じがする。

(色だけでなく、私は様々なことが抜け落ちているのだわ)

紗也子にも変わり者と言われたけれど、自分でも時折、何となしにそう思うことがある。人からは自由気まま、ぼんやりしたお嬢さん、などと言われるものの、何も考えていないのではない。ただ、受け止める感情が薄いのだ。何か自分の心と外の世界との間に水の膜《まく》が張っているような、楽しいことも悲しいことも、その衝撃をその膜が吸収してしまい、茉莉子の中に入ってくるときには形の曖昧なものになってしまっているような、そんな感覚がある。感情がないわけではないのだけれど、人よりもよほど鈍麻《どんま》していて、その形は定かではない。

真珠の美しいけれどぼんやりとした鈍い輝きは、確かに茉莉子を形容するには相応《ふさわ》しいだろう。しかしあまりそれを嬉《うれ》しく思えないのは、綺麗な言葉で飾ってはいるが、要するにお馬鹿《ばか》さんと言われているような気がするからだ。

「そんな風に私を呼ぶのでしたら、私も雅兄様を『良人《よしひと》さん』と呼びます」

「これはこれは、なかなか痛烈な仕返しだ。わかりました、今後は心の中で姫の名を呼ぶとしましょうか」

「意地悪だわ」

「いじめているんじゃありません、可愛がっているんですよ」

雅は糸のように目を細めて微笑んだ。切れ長の目は横に大きく、目を瞠《みは》ると意外なほどに大きいのだけれど、笑うときには弦月《げんげつ》のように細く霞《かす》む。

裏雅という男は美しい。茉莉子がこれまでに見たどの人間の顔よりも綺麗に整っている。しかし少し見ただけではあまり美男という感じはしない。よくよく観察してみるとすべての造形が白い瓜実顔《うりざねがお》の中に行儀よく収まっていて、肌艶《はだつや》も練り絹のよう、冷たく艶やかな黒髪は濡れたように輝き、大島紬《おおしまつむぎ》の袖から伸びる女性のように華奢な手足もすんなりと真《ま》っ直《す》ぐに伸びて格好がよく、これは滅多にないことだと感心してしまうのだけれど、そのあまりに正確に造られた容貌が、却《かえ》って味気なく思われるのかもしれない。

彼が茉莉子に呼ばせている『裏雅』という名前は、筆名である。本名は雨森《あめのもり》良人という。雅は自分の本名が気に入らないらしく、周りの人々には筆名の方を名乗るのである。

雅は大衆小説か純文学かよくわからないものを書いていて、大概出てくる人間も舞台も奇怪で気味が悪く、有《あ》り体《てい》にいえば売れていない。耽美《たんび》主義、悪魔主義と呼ばれる流行の作品よりもよほど悪趣味で露悪的で、印象には残るがすこぶる後味がよろしくない。こんなに綺麗な顔をした男の中のどこにこれほどの渦巻くような悪意があるのかと、首を傾げたくなるほどのシロモノなのだ。

雅の実家の雨森家は茉莉子の家とは遠縁で、平民だが裕福な商家である。そのため生活には困っていないが、彼自身も小説の他に食い扶持《ぶち》がないというわけではない。むしろ、副業というべきか、そちらの方がずっと向いているらしく、小説とは別の方面で生計を立てている。

実のところ、茉莉子は今日、その雅の副業の力を借りたいと思い、この家へやって来た。特に用がなくとも、ちょくちょく訪れている場所ではあるのだが。

雅は吸いさしの敷島を灰皿に置き原稿を除《よ》け、薄い座布団を縁側に引っ張り出して、そこへ座るよう茉莉子に勧めた。茉莉子は素直にそこへ腰を下ろして手土産をどうぞと渡し、通り一遍の世間話を口にする。

「それにしても、こちらのお庭の金木犀は見事ですわね。私、匂いにはとても鈍感なんですけれど、それでも少し感じるのですから、この香りは強いように思いますわ」

「ええ、そうでしょうね。僕もちょっと辟易《へきえき》するくらいです。たまに閉口して窓を閉めっ放しにするのですが、それでも匂う。ただ僕が金木犀と沈丁花《じんちょうげ》を気に入っているのは、日本には雄株しかないので、結実しないことなのですよ。僕と一緒で親近感を覚えるのです」

「よくわかりませんけれど……雅兄様ご自身はお元気？　相変わらず細くていらっしゃるから、きちんとお食事を召し上がっているのか心配だわ」

「ああ、この通り、今のところ元気ですよ。ただ、いつどうなるかはわかりませんけれど」

「まあ、またそんなことを」

「だってそうでしょう。誰もこの先のことは知り得ないのですからね。特に秋を迎えると、僕は何とも物寂しい心地になるのです。李賀《りが》の詩にも秋を詠《うた》ったものがいくつかありますが、夜の長いのを怨《うら》んだり、貧乏《びんぼう》を嘆いたり、また自分の死後、その怨みの血が地中で碧《みどり》になるだろうなどとなかなか絶望的です。まあ、彼の詩は大体が陰鬱《いんうつ》なのですが、僕も秋になると気持ちが落ち込んで、何やら身も心も霞んでいってしまいそうになるのです」

雅はいつでも自分の身体的なことに関して悲観的である。その華奢で儚げな容貌も相まって、しおらしく目を伏せて「どうなるかわからない」「明日をも知れぬ身」などと陰《かげ》のある表情で言われると、本当に霞のようにすぐに消えてなくなってしまうのではと不安を覚えるが、雅と付き合いの長い茉莉子の姉、桜子曰《いわ》く、

「あの人は昔から死への憧憬《どうけい》が強いのです。李賀に傾倒しているでしょう。彼の人も若死にしたそうで、李賀がいると言われる白玉楼《はくぎょくろう》なる場所へ今すぐにでも行きたいと折に触れて口走るのですけれど、向こう五十年は無理でしょうね。何しろ、あんな見た目のくせにお化けみたいに頑丈ですよ。コレラが流行《はや》ろうがスペイン風邪が流行ろうが、危ない場所へ行っても平気だし、皆で同じものを食べて周りが食中毒で倒れても一人でピンピンしていますし、風邪ひとつひいているのを見たことがないんですから」

ということであるから、あまりに丈夫であるがゆえに、脆弱《ぜいじゃく》さに憧れているのかもしれない。

「この頃はご実家には帰られていないの？」

「帰るものですか。一歩家の中へ入れば見合い写真が雪崩《なだれ》を起こして襲いかかってきますから」

「うちの母も心配しておりましたわ。そろそろ所帯を持つべきじゃないかって」

「そうでしょう。だから僕はなるべくここを離れたくないのです。一人で思索《しさく》に耽《ふけ》っている方がよほど有意義な時間を過ごせます。時々は、茉莉子さんのような面白い客人もあることですし」

「私は面白いですか？」

　雅の方がよほど変人で面白いと思うのだが、彼はいつでも茉莉子を面白いと言うので愉快な心地を覚える。

「ええ、あなたは面白い。僕の周りにはいない人間です」

「でも、さっきは私を外見も心も白いと言ったのに」

「そうですよ。白だから味気ないということはない。黒だから面白いというわけでもない。あなたの何にも染まらない独特さが面白いのです」

　そう言われると、真珠姫というあだ名も悪くないような気がしてくる。雅は常にからかっているのか本気で言っているのかわからないような飄々《ひょうひょう》とした人物だが、茉莉子はそういったあやふやなところが気に入っていた。

「私なんて、平凡ですわ。この前も幼なじみのお友達に、ぼんやりしていると言われてしまいました」

「というと、紗也子さんですか。まあ、彼女はしっかりしていますからね。そう言ってあなたの世話を焼きたくなるのでしょう」

雅の実家の雨森家は仕事上の付き合いで紗也子の城之内侯爵家と懇意にしている。紗也子の兄に勉強を教えたこともあり、そちらの内情にもある程度通じているらしい。

「でも茉莉子さんは時々突拍子もないことをするものだから、ただのぼんやりさんではありませんよ」

「あら、そうでしょうか……何かはしたないことをしてしまいましたか」

「はしたないことはありませんが、僕の予想を超えた言動をとる人というのはなかなかいないものです。だから、面白いと言っているんですよ」

何を思い出したのか、雅は視線をちょっと横へずらして小さく笑っている。突拍子もないことというと、紗也子も言っていた喧嘩を観察してしまったり、変人と思われるような行動のことだろうか。

「でも、今日は面白いお話というわけじゃありませんの。ただ、雅兄様の小説のお役には立つかもしれませんわ」

「僕の小説に？　ほう。何か変わったことでもあったのですか」

「ええ、そう。とても怖くて、奇妙な事件があったのです」

茉莉子は学校であったことをかいつまんで雅に話して聞かせた。

いつ頃からか始まった幽霊騒ぎ。その霊がこの春に亡くなった米倉八重子という女学生なのではという噂。仲の悪かった元木多恵を恨んで出てきたと囁かれていたこと。そして先日、その多恵が屋上から身を投げて死んでしまったこと。

「おや……、その少女は亡くなってしまったのですね」

「そうなのです。ですから、八重子様の霊にとり殺されたのだと皆様大騒ぎで」

その日多恵は学校へ迎えに来た女中を用があるから後で来るようにと言い、そのまま屋上から飛び降りてしまった。校舎に残っていた生徒たちは少なかったが、突如校舎内に響いた大きな音に驚き、音のした方へ初めに駆けつけたのは掃除の女性であった。

多恵は真下にあった花壇を囲む煉瓦《れんが》に頭を打ち付けて死んでいた。二階建ての校舎の屋上なので、助かる可能性もあったものの、不幸にも落ちた場所が悪かった。

小さな花々では緩衝材《かんしょうざい》にはならず、無残に散らされた五彩の花びらはまるで多恵の棺桶《かんおけ》を美しく模したように見えたという。

「それは大変残念なことでしたね……。しかし、幽霊の噂ですか。女学生の好みそうなことです」

「雅兄様は、幽霊は信じていらっしゃる？」

「見たことはありませんが、存在はするかもしれませんね。見えないからといっていないとは限らない。見えるという人もいるのですからね。しかし、これを証明するのは難しいことです。だから僕は信じるとも信じないとも言えません」

「私も同じですわ。いっそ見えてくれればいると言えるのですけれど」

「ところで、その八重子さんという人は、幽霊になって相手をとり殺してしまうほど、多恵さんという人を憎んでいたのですか」

「私には、そうは思えませんの。でも、確かに仲はよろしくありませんでした。犬猿の仲とも言うべき関係だったかと思いますわ」

　二人が具体的にどんな喧嘩をしていたか、今となっては思い出せない。あるいは、はっきりとした諍いというものはなかったかもしれない。少なくとも、声を荒げて言い争いをする、というのは見たことがなかった。ただ、視線を合わせれば空気が凍り、言葉を交わせばそこには必ず棘《とげ》があった。

「もしかすると、私が知らないだけで、お二人の間で深刻な何かがあったのかもしれません。傍目《はため》には、どうしても反りの合わない、仲よしとはとても言えない、というくらいの同級生のように見えました」

「そうですね。本当のところは当人たちにしかわかりません。噂通り、化けて出るほどのことがあったかもしれないし、何もなかったかもしれませんね」

ただ、と言葉を継ぎ、雅は細い顎《あご》に長い指を当てる。男にしては節《ふし》のない指だと思いながら、茉莉子はその手指を見ている。

「そのお話の中に出てくる噂。それは、誰が最初に言い出したことなのでしょう」

「え……八重子様の幽霊が出るというお話ですの？」

「ええ、そうです。その少女はこの春に亡くなったと言いましたね。そして、幽霊騒ぎは、つい最近始まったのですか？」

茉莉子は記憶の糸を手繰《たぐ》る。確か、夏休みが終わり、学校が始まって、少し経《た》ってからそのような噂が流れ始めたように思う。最初はさやさやと微《かす》かな木の葉の擦《こす》れるような音だったものが、いつの間にか森の木々が強風に揉《も》まれ轟々《ごうごう》と鳴っているほどの騒音になっていった。

「そうですわね。先月の半ばあたりからでしょうか」

「誰かが、幽霊を見たと言い始めた？」

「誰かが……」

一体誰が最初に八重子の霊を見たと言い始めたのか。少し前のことのはずだが、どうしても思い出せない。本当にそれは自然に、火のないところから煙が立ち上るように、いつしか学校に蔓延していったものだった。けれど、炎なくして煙は立たぬもの。果たして、最初の火はどこで燃え上がったのか。

茉莉子が困っていると、「では質問を変えましょう」と雅が口を開く。

「茉莉子さんが最初にその噂を聞いたのは、誰からですか?」

「ああ、それなら、担任の先生です。酒田よし子先生といいます」

「先生ですか。先生が幽霊を見たと?」

「違います。酒田先生はどなたかからその話を聞いたらしくって、私にも、あなたも見たの、と訊ねていらしたのです」

「そうですか。茉莉子さんはその噂を最初に同級生から聞いたのではなく、先生からその話を聞いたのですね」

「ええ。その後どんどん噂が大きくなって、ついこの前も、先生は困ってらして、噂を鎮《しず》めてくれないかと私に頼んだことがありました。きっと先生方の間でも問題になり始めていたのでしょうね」

なるほど、と雅は首を傾げ、「そういえばお茶も出していませんでしたね」と、一度家の中に入り、しばらくして、自ら緑茶を淹《い》れて戻ってくる。通いの女中は不在のようだ。

「おもたせで失礼ですが、いただきませんか」

と、茉莉子の持ってきた菓子の包を開き、縁側に並んで湯呑《ゆの》みを傾けながら話を続ける。

雅は酒も煙草《たばこ》も好み、食に関しては細身にもかかわらずなかなかの大食らいだ。辛いものも甘いものも構わず食べるので、茉莉子の手土産は菓子だったり漬物だったりと色々である。雅の家へ行くと言うと、母親がこの一風変わった独り身の男を心配して、様々なものを持たせてくれるのだ。

茉莉子本人はあまり食べ物に頓着《とんちゃく》しない。空腹さえ感じなければいいという、ここでもぼんやりとした感覚である。強《し》いて言うならば歯ごたえのある、食感のみずみずしいものが好きだった。それは熟しきらない水蜜桃《すいみつとう》や、身の詰まった林檎《りんご》、梨《なし》などの果実、または新鮮な魚介類も好ましい。匂いや味というものは、茉莉子にとってはさほど大切ではなかった。

ただ、ふしぎなことに、雅の匂いは感じる。人の匂いなどこれまでまったく気にしていなかったのに、この男の匂いだけは、どういうわけか、とても心地のよい、甘い陶酔《とうすい》となって鼻孔《びこう》から喉《のど》を通り、肺に吸い込まれてゆくのが形容し難い逸楽なのである。

(煙草も吸っていらっしゃるし、オオデ・コロンもつけていらっしゃらないはずなのに、雅兄様のこの香りは一体何なのだろう?)

折に触れて聞いてみたいと思いつつ、未だにそれは口にできずにいる。殿方にその体臭のことを訊ねるのは、さすがの茉莉子もはしたなく思われて、なかなか問いかけられない。

雅の香りは、どことなく甘い、クチナシにも似た、蜜のように粘度を持って喉に絡まるような濃厚さがある。庭の金木犀の強い香りよりも、よほど芳烈《ほうれつ》だ。

そして、この感覚はおかしな気がするのだが、茉莉子の食欲をそそるのである。まさか、雅の肉を食べたいと思っているはずもないのだが、「美味《おい》しそう」と感じてしまうのは一体なぜなのか、自分でもふしぎであった。

「それで、その酒田先生は、どんな先生なんです」

考えに耽っていると、餅菓子ひとつを食べ終えた雅がなめらかな声で質問する。そういえば、その声音も、茉莉子にとっては快《こころよ》い響きだ。女のように優しい顔立ちをしていながら、その声は意外なほどに低く、そして美しい。

「酒田先生は、音楽の先生です。お声がとても綺麗で、ピアノを流れるようにお弾きになりながらお歌いになるお姿がそれはもう素敵で、皆から慕われております。そして、とてもお若い方。お歳は、雅兄様よりも上ですけれど、私たちとさほど変わらないように見えますの」

「それは驚いた。まあ確かに、子どもたちに囲まれていると若々しくなるものでしょうが……それにしても同じくらいに見えるとはよほどのことです」

「ええ。酒田先生はまだご結婚もされていないし、お気持ちも若くていらっしゃるから。流行りの少女小説も愛読していらっしゃって、話も合いますから生徒たちとは友達のように仲よしで……亡くなってしまわれた多恵様とは、特に親密でした。お顔立ちが似ていらしたので、並んでいると本当に姉妹のようで。その様子を見て、あの、ただの教師と生徒以上のご関係なのでは、と囁く人もあったほどです」

「ああ。女学校で流行のものですね」

雅はこともなげに理解を示しつつ、目を細めて苔《こけ》むした石灯籠《いしどうろう》を眺めている。

「男子の学校でも同じようなことがありますよ。まあ、女子のものよりも深刻なのですが」

「あら……そうなんですのね」

「まあそれにしても、それは上級生と下級生の間だけのものと思っていました」

「それに限ったことではございません。でも、そのお噂は、本当のことではありませんの。多恵様には、他に恋人がいらっしゃいましたから」

おや、と雅は目を丸くして茉莉子を見つめた。

「随分と発展家のお嬢さんだったんですね。珍しい。その方も華族のお姫様なのでしょう？」

「ええ、お家は子爵家です。恋人のことは、さすがに大っぴらには言えませんでしたけれど、親しいお友達は知っていました。確か大谷《おおたに》さんというのです。ずっとお世話になっていた家庭教師の方で、帝《てい》大に通われているのだとか」

「ほう、僕の後輩ですね。しかし、教え子の、まだそんな幼い子をたぶらかすだなんて、僕は賛成できません」

茉莉子は雅の幼い、という言葉に何かもやもやとした不快な心持ちを覚えた。それは、まだ彼が茉莉子自身をほんの子どもとしか思っていないということである。

確かに雅は今二十七歳で、茉莉子は十五歳。一回りも年齢が離れているのだし、そう思われても仕方がないとはいえ、さすがに幼いと言われるほどではない、と反発したい感情がある。

現在本科三年生である茉莉子は、あと二年もすれば女学校を卒業し、特別に教師などを目指して進学したいのでもなければ、普通は結婚するような歳なのである。同級生の中には、もうすでに縁談がまとまり、今年で学校をやめて来年嫁ぐ予定の生徒もいるほどで、雅の言う『幼い子』という表現は、世間的にも少しおかしいのではないか。

（もしかすると、雅兄様は、うんと歳上の人でもないと、女の人という気持ちがしないのかしら？）

これまで浮いた話を聞かず、縁談もすべて断っているという話であるので、もしかすると人とは少し違う、特別な好みがあるのかもしれない。そんなことを想像して、茉莉子は憂鬱《ゆううつ》になった。ただの面白い子どもとしか見られていないというのは、年頃の娘にとってあまりにつまらない。

「たぶらかすというか……どちらが先にというのはわかりませんけれど、お二人とも真面目にお付き合いをしているようです。多分、二年ほどになるのではないかしら」

「ほう。なかなか長いのですね。ゆくゆくは結婚するつもりでいたのでしょうか」

「さあ、それは……。実は多恵様は、幽霊の噂が出ていたときからお顔の色が優れませんでした。周りは八重子様の霊が怖いのだろうと言っていたのですけれど、大谷さんの話を知っている方々は、きっとそれで悩んでいらっしゃるのだと考えていたのです」

「彼と上手《うま》くいっていなかった、ということですか」

「私はそこまでは知りません。ただ、多恵様のお心をいつでも揺さぶっているのはその恋人に関することだったように思うので、そうだったのではないかと。多恵様が亡くなった後は、大谷さんは傷心のあまり大学へも行かれていないようですわ」

「その情報はどちらから？」

「多恵様の家と親しくお付き合いをしているお友達が。多恵様のことを知って、ひどく取り乱されていたというお話ですわ。当然、もう元木家にも出入りはしておりません」

「なるほど……深く愛していらしたのでしょうねえ」

雅はふたつ目の餅菓子に舌鼓《したつづみ》を打ちながらふむふむと頷いている。

茉莉子は大谷のことをよく知らない。会ったこともないのだし当然なのだが、今周りで最も話題に上がっているのは、多恵と大谷のことである。すでに少女たちの中には大谷という人物の像ができあがっていて、彼は大層な美青年であり、多恵を熱愛していて、今にも彼女の後を追ってしまうのではないかと心配までされている。

「その多恵さんという人は、とても魅力的だったのでしょうね」

「ええ、本当に。まるで硝子細工のように繊細で、お小さくて、花のように可愛らしい方でしたわ」

「茉莉子さんよりも？」

仄《ほの》かに笑みを含んでこちらを見やる目元が、美しい。彼こそ、花のようだ。たとえば、この庭に咲いている牡丹。自分が美しいことを知っていて、それでいてその美に無関心な冷たい花。

茉莉子は先ほどの胸のむかつきがにわかにぶり返したような心地を覚えて、表情を固くする。思わずじっと雅を見つめると、とぼけた男はおどけて首を傾げた。

「おや、どうしてそんな怒ったような顔をするのです」

「だって、雅兄様がいつも私をからかうから」

「そういうわけではないのですけれどね」

雅は白い歯を見せて笑う。子どもが少し機嫌を損ねたようにしか思っていないのだろう。茉莉子はどうして自分がこんなに面白くないと感じているのか、わからない。

「それで、茉莉子さんはどうしてこの話を怖くて奇妙と思うのですか」

「え？」

「僕の小説に役立つ話と言ってましたが、それは実際にお友達が幽霊に殺されてしまったからということですか」

茉莉子はふと、雅が自分の感情を懐疑的に見ているのではないかと感じた。彼は茉莉子の中にさほどはっきりとした心がないのを知っている。何にも執着せず、喜怒哀楽をあらわにせず、特に恐怖という感情はかなり鈍いものなのだ。

茉莉子はこの事件を恐ろしいと感じている。けれどそれは茉莉子が怖いと思っているのではない。正確にいえば違和感なのだろうか。普通の人々ならば、その感覚を恐ろしいというのではないかと考えたのである。

「実際に人が死んでしまったから、恐ろしいと思うのです。ただ、噂の幽霊は、私には見ることができませんでしたから、本当かどうかわかりませんけれど。何というか、その噂こそが多恵様を殺してしまったように思えて」

「なるほど……噂が人を殺すとは、なかなか洒落《しゃれ》た表現ですね」

「だって、ただ多恵様が屋上から身を投げたのなら、こんな妙な心地にはなりません。あの噂はまるで、多恵様をそこへ誘うために敷かれた赤い絨毯《じゅうたん》のようです。皆があちらこちらで、八重子様が多恵様を恨んでいる、無念の魂が学校をうろついている、などと囁いていて、多恵様がこの世から消える準備をしていたみたいで」

実際、あの噂はどんどん大きくなり、多感でお喋りな少女たちは、まるでひとつの娯楽のように幽霊話を楽しんでいたように思う。幽霊を見たという生徒たちも次第に増えてゆき、それはすでに事実のように扱われ始め、八重子の霊は実在するのだという確信が、校舎の中に蔓延していった。

顔色の悪い多恵、まことしやかに囁かれる八重子の幽霊の存在、緩やかに、けれど確実に声の大きくなり始めた噂話は、どこか何事かが起きてほしいという期待の色を帯びてはいなかったか。その無意識の殺意が、多恵を屋上へ上がらせたのではないか。

「無邪気で残酷な少女たちの罪のない噂話が彼女を殺した……茉莉子さんのその感覚は、きっととても正しいものなのでしょう」

「そんなことを感じているのは、私だけだと思います。皆、八重子様の霊の仕業なのだと怯《おび》えています」

「その空気を作りたかった人物があるのですよ。この世にないものが犯した罪なのだと思わせたかった誰かが」

さり気なく、しかし澱《よど》みない口調で断定する雅に、茉莉子はハッとした。

「それでは……やはり、多恵様はただの自殺ではなく？」

雅は頷き、滔々《とうとう》と推理をしてみせた。

名指しされた意外な犯人に、茉莉子は思わずぽかんとしてしまう。多恵とその周囲の人物を簡単に口頭で述べただけなのに、雅は茉莉子本人よりもよほど深くその人物の本性を見抜いていたのだ。

そう、彼が恐るべき洞察力を披露するのはこれが初めてのことではない。この一種異様な炯眼《けいがん》のために、どのようにその評判が広まったのか、いつの間にか雅の許《もと》へはいくつも解決の難しい事件が持ち込まれるようになり、たちまちその小説家としての名よりも、探偵としての名声の方が大きくなってしまった。

雅本人はこれを甚《はなは》だ不本意に思っているが、茉莉子とてふしぎなのである。なぜこの頭脳がありながら、あのような大衆受けするはずもない、グロテスクな話しか書けないのだろうか、と。いや、だからこそなのだろうか。

「雅兄様のお話を聞いていれば、なるほどと思えることばかりなのですけれど……何だか、まだ信じられませんわ」

「ええ、真実でない方がよほど救われる話です。幽霊の噂も本当で、多恵さんは本当にその霊にとり殺された……そうであった方がある意味平和なのですがね。殺人犯も存在しないのですから」

「でも、これで妙な感じの正体が摑《つか》めました。本当に、多恵様の死をお膳立てさせられていたような心地がしましたの。何もかもが、巧《うま》く行き過ぎているというのでしょうか、違和感がありました」

「そうでしょうね。だから、あなたの感覚は正しい、と僕は言ったんです。これは、少女たちの感情の伝染しやすさを利用した犯罪だ、と直感してね。明治頃から催眠術が流行りだしましたが、こういった暗示にかかりやすいのは、感受性や共感の能力が高い女性です。もちろん、例外もいますけれども」

そう言ってじっと見つめる雅の眼差《まなざ》しに、何か含みのあるのを感じて、茉莉子は落ち着かない心地になる。

催眠術や超常能力者が未だに流行していることは、もちろん知っていた。九年ほど前の、超常能力の有無を新聞各社が議論した、いわゆる千里眼《せんりがん》事件もまだ世間の記憶には残っているし、そういった謎めいた事象を少女たちは殊更好む。

茉莉子自身はどうかといえば、なるほど面白いと感じるものの、実際超常現象や噂にもなっていた幽霊などを見たことがないので、それはお伽話《とぎばなし》と同義であった。目に見えないものを信じるという、ある意味信仰心のようなものが、自分には決定的に欠けていると自覚はしている。

「ところで、その亡くなられた多恵さんと茉莉子さんは、仲よしだったのですか」

「ええ、お友達でした。お家にお呼ばれしたこともありますわ。大の仲よしというわけじゃないんですけれど、親しいお友達の一人だったと思います」

「そうですか」

痛ましげな顔で同情的な目をしながら、雅は思いがけない言葉を口にした。

「それなのに、あまり悲しそうではないんですね」

「……え？」

一瞬、言われたことの意味がわからず、茉莉子は何度も瞬《まばた》きをして、雅を凝然《ぎょうぜん》と見た。

「私が、悲しくなさそう？　そう見えるのですか」

「ええ。普通、ついこの前親しいお友達が亡くなったのだとすれば、こうして彼女の話をしている最中、落ち込んだり、涙ぐんだりするものじゃないですか」

「そうでしょうか。私、悲しいと思っているはずなんですけれど……」

　確かに、雅にこれまでのことを説明する中で多恵のことを何度も話に出したし、彼女との思い出が頭をよぎりもした。けれど、それは泣くようなことではなかった。それよりも、雅の語る話の内容に集中していたのだ。

「多恵さんのお葬式では、たくさん泣きましたか。周りのお友達は泣いていたでしょう」

「ええ。私も悲しくて、たくさんではないですけれど、少し涙が出ました。皆様は、本当に、ずっと泣いていらっしゃいました」

「そうですか。悲しいとは、思っていたんですね」

「当たり前じゃないですか。お友達が亡くなったのですもの……亡くなったその日だって、お喋りをしていたんです。悲しくないはずがないじゃありませんか」

　そう言いながら、実際は言葉よりもごく薄い感情しか覚えていないと、自分でもわかっている。雅も知っていて、あえて訊ねているのだ。

　茉莉子は確かに悲しんでいた。事実、涙も流した。しかしそれはいつものように靄のかかったようなはっきりとしない感情であり、友人を失った悲しみも例外ではなかった。

(でも、私は私なりに、どこか奇妙に思った多恵様の死を解決したいと思って、こうして雅兄様のところに来た。どうでもいい人のことだったら、真実を知りたいと思ったりしないわ)

悲しいとき、他の少女たちのように茉莉子は号泣することができない。悲しいと思っているはずなのに、それを鮮烈に感じることができない。自分の感情さえも、他人事のようだった。どうして自分はこう感じるのだろう、ということさえも曖昧で、我が身ながらこの心の在《あ》り処《か》はどこにあるのか、とふしぎに思う。

「茉莉子さんは、本当に面白い人ですね。とても興味深い」

「もう……また、雅兄様はそうやって私をからかうのですか」

「違いますよ。茉莉子さんはね、きっと暗示にはかからない人だと、そう言っているのです。だからこそ、酒田女史は客観的な意見を求めるときに、あなたを呼んだのですよ」

茉莉子には、雅が何を言わんとしているのかがわからない。すべてが他人事のように遠く思われる特殊な心の動きを、客観的と呼べるものなのだろうか。

庭先を快い秋の涼風が金木犀の香りと共に吹き抜ける。寒牡丹が重たげに幾重もの花弁を揺らし、気づけば日も落ちかけて西の空が淡い紅色に染まっている。

「さて、僕の推理はお話ししましたが、どうしますか」

「どうする、というのは？」

「犯人をどうするのですか、ということです。警察に行きますか？」

「いいえ……ちょっと、まだそういったことは考えていません」

　もしも雅の言う通りの人物が多恵を殺した犯人であれば、罪は裁かれなくてはならない。けれど、茉莉子は真実が知りたいと思ってここを訪れたものの、それを知った後にどうするのか、ということはまったく考えていなかった。しかも、犯人と名指しされた人物は思いもかけない相手だったのである。

「雅兄様にご相談しておいてなんですけれど、まさかあの方を犯人と指摘されるとは思っておりませんでしたから」

「まあ、そうでしょうね。戸惑ってしまいますよね」

「少し、これからどうするか考えたいのです。多分今は、まだ気持ちの整理がついていない状態ですし」

「ええ、もちろん、それは茉莉子さんにお任せしますよ。僕は僕の想像を口にしてみただけだし、僕自身は警察じゃありませんからね。お好きなようになさってください」

　茉莉子は雅の言葉にほっと安堵《あんど》して、「ありがとう」と返した。

　なるほど、犯人は恐らく雅の指摘の通りの人物だろう。けれど、それを知ったところで、茉莉子には何の達成感も、感慨も、また憤《いきどお》りもなかった。親しい友人を殺したはずの相手だというのに、まだその実感が甚だ薄いためか、犯人に対して何ら特別な感情も抱けないのである。

もしも一般的な正義感があるのなら、自ら警察に行って訴えるか、本人に自首を勧めるべきなのだろう。しかしそのことに何の関心も持てず、自分がどうしたいのかもわからない。

ただ、いつものように雅の推理に感心し、その犯行の手口に納得し、なるほどそうであったか、と一人で頷いて満足してしまっている。これでは、紗也子に変わり者と言われるのも道理であった。

（さて……これからどうしましょう）

答えの見つからないままに屋敷に戻ると、丁度買い物に出ていた姉の桜子と、玄関で鉢合わせになる。妹が伴《とも》を連れていないことと見た目の身軽さ、今日のこの時間帯に稽古事が入っていないことから、桜子はすぐに茉莉子がどこへ行って帰って来たのかを目ざとく察した。

「茉莉さん、あなたまたあの人の家へ行っていたの」

ちょっと呆《あき》れた顔で笑われて、茉莉子はなぜか少しばかり後ろめたい心地を覚える。

「ええ、ちょっとご意見を伺いたいことがあって」

「本当に、物好きねえ。あんな変わった人にわざわざ会いに行くだなんて」

「でも、お姉様の初恋の人なんでしょう」

以前ちらりと聞いたその話を口にすると、姉は目を丸くした後、ほんのりと頬を染めてクスクスと笑う。

「大昔のことよ。ちょっと綺麗な顔をしているものだから、勘違いをしてしまったの」

「勘違いって？」

「この人はきっと素敵な人なんじゃないか、ってね。茉莉さんだってわかるでしょう、あの人の中身がちょっと変だってことは」

「お姉様は、変な人はお嫌い？」

「恋心を持ち続けるには、難しい相手ね」

恋というのは、自分が普通であると思った相手にしかできないものなのだろうか。色彩の欠落している自分とは違い、健康的な象牙《ぞうげ》色の肌に美しい黒い瞳と黒い髪を持つ姉を見つめながら、普通とは何なのだろう、と茉莉子は考えている。

「お姉様。お姉様が、もしもとても大切にして愛していたものがひどく汚れてしまったら、捨ててしまう？」

「あら、お気に入りのお着物のお話？」

桜子は衣服のことと勘違いして小首を傾げる。

「そんなに気に入っていたのなら、どうにかしてその汚れを落とせないか考えてみるけれど……だめなら、仕方ないいんじゃないかしら。でもそこまで大切にしていたものなら、捨てはしないわね。人前では着られないけれど、とっておくと思うわ」

「着られない着物は何にも使えないのに？　その着物の価値が失われてしまっても、いらないとは考えないのね」

「だって思い入れがあるものなのでしょう？　そんな素敵なものには二度と出会えないかもしれないし、それにまつわる思い出もあるのなら、簡単に捨てるなんてとてもできないと思うわ」

桜子の言うことはきっと正しい。一般的な人ならば大抵はそう感じるはずだろう。しかも実際は着物ではなく、人間なのだ。どうしてその存在を消してしまおうとまで思えるのだろうか。

茉莉子は想像してみた。どんなときに、自分が誰かをこの世から葬《ほうむ》り去ってしまいたいと思うのか。しかし、そこまでの強い感情を覚えること自体が困難であるので、もしも誰かを消さなければならないとしたら、それは純粋な利害によるものだろうと考える。

たとえば、見られてはならないものを見られてしまったり、相手が存在することで自分の目的が妨げられる場合であったり。

ただ、愛していたからこそ絶対に許せない、憎い、という感情のみで、殺害にまで及ぶのは、一体どういう心境なのだろうか、という純粋な興味がある。

（雅兄様は私などを面白いと言うけれど、こんな何も感じない心なんて、本当につまらない。私にとっては、他の人の心の動きの方が、よほど面白い……）

自分の感情、欲望ゆえに相手を殺そうとするのなら、今いちばん想像しやすいのは雅である。

（だって、私は雅兄様が美味しそうと感じるのだから、食べてみたいと思っているのだろう。この気持ちが限界まで高まってしまったら、もしかして私はあの人を殺してしまうのかもしれない）

そんな恐ろしい想像をして、ふと、笑いが込み上げた。

有り得ないことだった。雅を殺してしまったら、もうあんな愉快な人は二度と現れないだろうと断言できるのだし、いっときの欲望を満たすことはできても、その先はあまりに退屈な日々が待っている。

人を殺したいと思う気持ちはよくわからない。けれど、自分に著《いちじる》しい不利益があるのなら、それもできるだろう。茉莉子はふと、昔のある記憶を思い返し、すでにその経験を持っていたことをぼんやりと自覚する。

（人は、案外呆気なく死んでしまう。生かし続けることの方が、難しいような気がするわ）

そんなことを考えながら、茉莉子は自室に戻り、寝台に横たわって目を閉じた。

胸の奥には、まだ雅の甘い香りの名残がある。その匂いを全身に染み渡らせるように深呼吸をしながら、茉莉子はそのなめらかな白肌の味を想像した。

悪魔の囁き

週明け、登校した茉莉子は思いもかけない情報を耳にした。

「茉莉ちゃん、ねえ、聞いた？」

「え、何のこと」

息を弾ませて茉莉子の席へやって来た紗也子が、目を輝かせて声を低くする。

「酒田先生、どうやら院長の甥御《おいご》さんとご縁談がまとまったらしいの」

「ご縁談……酒田先生が」

あまりにかけ離れたように思えるそのふたつの単語に、茉莉子はしきりに瞬きをする。

「それじゃ、近いうちにご結婚なさるの？」

「そのようだわ。ここもお辞めになるんじゃないかって話よ」

「まあ……それは、本当ならおめでたいことね」

「本当よ！　だって、院長のご親戚の方のお話なんですもの。間違いないわ」

そう、結婚はめでたいことのはずである。けれど、茉莉子にはどう受け止めればよいのかわからない。

（多恵様が亡くなったばかりだというのに、どうしてそんな話が持ち上がるのだろう）

もちろん、縁談がまとまった、というだけですぐに結婚というわけではないだろう。けれど今、この時期のひどく意外な展開に、どこか首の後ろをざらついた舌で舐《な》め上げられるような、曖昧な不快感にゾクゾクと体の震えるような心地がした。

茉莉子の耳には、先日雅から聞いたよし子の分析が蘇《よみがえ》っている。

『十代で結婚することもままあるこの時代に三十を超えて独り身、女学校勤務、少女趣味の小説を好み、一回り以上も年齢の離れた少女たちとまるで友人のように親しく付き合う……これだけでも、酒田女史がどのような人物かはわかります。精神的にも性的にも未熟であり、大人の成熟した女性とは言い難い。茉莉子さんの学校の教師として雇われているのですから、家もある程度由緒正しく裕福で、彼女自身高潔に生きてきたのでしょう。もしかすると人生で初めての躓《つまず》きは縁談が上手くいかなかったことかもしれません。そして、自分のこれまでの日々で最も輝いていた、かつての美しい少女時代を一人の生徒に重ね、彼女を自己愛に近い形で特別に想っていた。恐らくは、男性に嫌悪感を抱いている、ある種の潔癖《けっぺき》症なのではないでしょうか』

「さあ、皆さん、お席について」

よし子の美しい声に回想から目覚め、茉莉子はぼんやりと顔を上げた。

彼女はいつも通りに教室へやって来て、生徒たちにいつも通りの言葉をかける。

すっかり結婚の噂が広まっている教室はいつにも増して騒がしく浮かれていて、よし子を見る目は好奇心にあふれていた。すでに幽霊騒ぎや多恵が亡くなったことなど、忘れてしまったかのように。

そういえば、多恵の死以降、幽霊騒ぎはぴたりと止《や》んでいる。誰もが悲しみに暮れたこの数日間、八重子の幽霊は多恵をとり殺して満足したと解釈したのか、一人もこれまでのように幽霊を見たの聞いたのと口にしなくなった。

「ねえ、ご覧になった？　酒田先生のお幸せそうなお顔！」

「本当にねえ。ようやくご縁があったのだもの。それは嬉しいに違いありませんわ」

「先生は一生教育にご自身を捧《ささ》げられて、独り身を貫かれるのだと思っていましたのに。私は少し残念」

「まあ、あなた、本当に先生のことを思うのなら、そんな風に仰《おっしゃ》ってはだめよ。女の幸せは、何といっても結婚して子どもを持つことなのですもの……」

かしましい小鳥たちのさえずりが今は煩《わずら》わしい。茉莉子の胸は混乱に満ち、友人たちとの会話もほとんど上の空である。ひとつのことを考え始めると止められぬ性分なのだ。

放課後になると、気づけば足は音楽準備室へと向かい、控えめなノックをして、「どうぞ」という可憐な声に導かれ、部屋の中へと吸い込まれてゆく。

突然やって来た茉莉子の顔を見て、よし子は目を丸くした。

「あら、春宮さん。どうなさったの」

「酒田先生。少しお訊ねしたいことがあるのです」

藪《やぶ》から棒に、そう問いかける。心が急《せ》いて、回りくどい文句など言っていられなかった。

「今度ご結婚されるというのは、本当なのですか」

「まあ……どこでそんな話を？」

「皆様、噂しておりますわ」

よし子は最初こそ驚いたものの、次第に落ち着き、頬に柔らかな笑みさえ浮かべて茉莉子を見つめている。

「本当に、噂というものは怖いわね」

お座りなさい、と目の前の椅子《いす》を指し示すものの、茉莉子は腰を落ち着けて喋る心持ちになどなれない。よし子はそれを気にする風でもなく、言葉を継いだ。

「あなたの言う通り、近々そうなるかもしれません」

「どうして……」

「どうして？　私が結婚をしてはいけませんか？」

「私は、酒田先生は、別の方を愛していらっしゃるのかと思っておりました」

名前は口にできなかった。けれど、よし子には通じているはずである。彼女の表情に僅《わず》かな動揺が浮かんだ。

「春宮さん」

「けれど、きっと勘違いだったのだと思います……。ごめんあそばせ」

唐突にやって来てわけのわからないことを喋っている自分をわかってはいたが、これ以上ここにいては、言ってはいけないことを口走ってしまいそうで、茉莉子は足早に立ち去ろうとした。

傍目に見れば、よし子の結婚は喜ばしいこと以外の何ものでもない。それに強い違和感を覚えてしまうのは、茉莉子が雅の推理を聞いていたからである。

すべて、ただの推測なのだ。けれど、茉莉子にはもっともらしい、真実のことのように理解されたので、それに反する行動をとっているよし子が奇妙に思えてならなかった。けれど、この雅の想像に基づく茉莉子の言動は、もしもこれが間違っていた場合、よし子本人にとってはそれこそ奇妙そのものだ。

「ふしぎだったのですよ」

出入り口の引き戸に手をかけた瞬間、ぽつりと、背中で呟《つぶや》かれた声に、動きを止める。

「あのような清らかな子でも、殿方と野蛮《やばん》な関係になってしまう。そのことが、どうしてもわからなかったのです」

茉莉子は振り返り、よし子を見た。彼女の顔は白く透き通るように色がなく、どこか、多恵の面影を映しているかのように見える。

「酒田先生は……なぜ、結婚しようとなさるのですか」

「あの子の影を、追い求めるようになりました。かつての、美しかったあの子の影を」

遠くを見るような潤んだ眼差しで、よし子は宙を凝視している。

「いなくなってしまってからも、私の心は捕らわれたまま、迷っていたのです。あの子の足跡をなぞるように歩いてゆけば、あるいは、あの子の見ていたものを私も見られるのではないかと」

「それで、ご縁談をお受けになった？」

子どものように素直に、よし子は頷いた。

「私は一度死んだのです。恐ろしい事実を知って、生きていられなくなったのです。あってはいけないことがあったのですから、それは、何としても正さなくてはいけませんでした。けれどその後に残ったものは疑問だけ……私は、それを確かめなくてはいけないのですよ」

茉莉子には、よし子の理論はわからない。けれど、彼女の告白で、雅の推理はやはり間違っていなかったと感じた。

「先生、知ってしまわれたのですね。多恵様に、恋人があることを」

よし子は、なぜ茉莉子がそんなことに気づいたのかという疑問は少しも感じていないように、静かに頷いた。

かつての自分を重ねていた愛《いと》おしい少女が、嫁入り前にもかかわらず、すでに恋人を持っていた。その衝撃は、きっと彼女にとっては常人以上のものだったに違いない。

（酒田先生は、絶望的な憎悪と悲哀に沈んでいたけれど、多恵様が亡くなった後も愛着は消えてしまわなかったということ……多恵様を理解したいという気持ちを抑えきれず、ご自身も殿方と関係を築こうとされている……？）

けれどその手段が結婚というところが、潔癖なよし子の想像力の限界なのかもしれない。まず、恋人を作るということが彼女の手段の中に存在していないのだろうか。それとも、丁度よく舞い込んだ縁談をそのまま受け入れたのだろうか。

「夏の休暇に入って少しした頃のことです。私は両親と一緒に葉山《はやま》の方へ参りました。親戚の別荘に招待されていたのです。元木さんも、そちらに別荘がありますので、どこかでお会いできたらと、そんな風にも思っておりました」

よし子は茉莉子が訊ねたわけでもないのに自ら語り始める。すべて察しがついているのだと感じたのだろうか。それとも、もうどうなってもいいからと誰かに語りたい心持ちになってしまったのだろうか。透き通るような瞳《まみ》からは何も読み取ることができない。

「存外、すぐに元木さんに見えることはできました。けれどそのとき、彼女は一人ではなかった」

「恋人の男性と一緒に？」

よし子の虚《うつ》ろに見開かれた瞳に、うっすらと涙が浮かぶ。次第にそのたおやかな面差しに険しい皺《しわ》の寄せられていくのを、茉莉子は珍しいものを見るように観察した。

「思い出すのも汚らわしい……別荘の近くを通ったときに、微かに彼女の声が聞こえたのです。私は思わず声のする方へ近寄ってしまった。屋敷の裏手の、物置小屋のようなログハウスの中でした。上方に小さな窓があって、少し背を伸ばせば中を覗けるようになっていたのです。薄暗い、麻縄やら糸鋸《いとのこ》やら様々な埃《ほこり》っぽい道具の置いてあるその小屋で、いやらしい男女が絡み合っていました。まるで、まるで……蛇《へび》のようだった。彼女の白い腕が、脚が……男の裸身に絡みつく、みだらな毒蛇に変じておりました」

いつもは鍵盤《けんばん》の上で軽やかに踊る繊細な指は怒りに握りしめられ、嚙《か》み締めた唇から血が滲《にじ》んでいる。茉莉子は鬼女の能面を思い出した。嫉妬《しっと》と憤怒《ふんぬ》に燃え立つ女の顔。可愛らしい花と思っていた少女が毒蛇だと知ったとき、彼女は鬼になったのだ。

「女に生まれて最も不幸なことは、男と結ばれなければならないことです。ああ、男、男……なんというおぞましい、いやらしい獣なのでしょうか。女を支配し、虐《しいた》げることしか考えていない、あの陰険で凶暴な動物は、いつでも女と見れば牙を剝《む》き出してだらだらと涎《よだれ》を垂らし、襲いかかるための爪を磨いているのです。あんな醜悪《しゅうあく》な生き物とこの地上で暮らさなくてはいけないことは、本当に女にとっての不幸です」

「どうして酒田先生は、そこまで殿方を嫌悪されるのですか」

「まあ。春宮さんは、彼らを好ましいと思っているの？」

「いいえ。でも、憎んでもいませんもの」

茉莉子にとっては、男も女も変わりない。等しく関心の外にある存在である。

（ただ、雅兄様だけは特別）

彼も女のように美しいが、男である。他の男はどうでもよいが、雅にだけは関心がある。関心というか、食欲なのだろうか。あの香り、あの顔、肌、肉体を思い浮かべるだけで、茉莉子は頰にぽっと血の気ののぼるような、体の奥が火照《ほて》るような熱を覚える。どれだけのごちそうを目の前にしてもさほど食欲は湧かないのに、雅にだけはそれを感じるのだ。

それにしても、よし子のこの男性への憎悪は異常だった。雅の言うように、ただ縁談に失敗したなどという生易しいものでは到底追いつかなさそうな、常軌《じょうき》を逸した怨嗟《えんさ》である。

「私だって、かつては力強く頼もしい、賢い存在だと尊敬しておりました。けれど、最初の縁談のあった十五の時分、すべてが変わったのです。そう、十五。丁度あなた方と同じ歳ね。相手は老舗《しにせ》の旅館を営む立派なお家のご子息でした。いずれは一緒になると言い聞かされて、私は初めてその方とお会いしたの。十も歳上の人だったわ。痘痕面《あばたづら》で小太りで、到底美しい外見ではなかった。けれど、きっと私を大切にしてくださるだろうと思えるほど、その方は優しかった。けれどその優しさは、己の獣欲を満たすためのお膳立てでしかなかったのです。あの男は私を屋敷の敷地内にある温室に案内し、そこで蛮行を働きました。私は、自分がただの獣の生贄《いけにえ》だったことを知ったのよ」

　タガが外れたよし子は生徒に向かって自分の秘密の過去を捲《まく》し立てる。茉莉子は驚いて聞いていたが、口を挟める雰囲気ではない。

　よし子の記憶はまったく色あせていないのだ。恐らく何度もその悪夢を心の中で憎しみと共に繰り返したことだろう。沈殿《ちんでん》してゆくばかりの漆黒《しっこく》の呪いの感情は、やがてすべての男という生き物へ向けられる凄《すさ》まじい憎悪となった。

「その後、あの男と結婚するくらいなら自殺すると両親を脅しました。両親は驚いて、仕方なく縁談を断った。私は強い意志で進学しました。結婚など絶対にするまいと誓いました。汚らわしい男とは無縁の、可憐な少女たちの学《まな》び舎《や》であるここでの生活は、まさしく私にとって夢の園。愛おしいあの子と過ごす、幸福な日々だと思っていたのに……」

　血の滴《したた》るような声を吐き出し、よし子はぶるりと震えて己の肩を抱く。目撃してしまった多恵の情事の光景を思い出しているのか、耐え難いというようにかぶりを振り、地を這《は》うような呻《うめ》き声を漏らす。

「あんな恐ろしいことを、なぜ、なぜ、彼女が……。私は、それを確かめなくては」

「確かめて、どうなさるのですか」

「それはまだわかりません。確かめられるかも、定かではないのです」

「わかり合いたいという気持ちがありながら……なぜ、あんなことになったのでしょう」

はたと、束の間地獄《じごく》の夢から覚めたように、よし子は普段の顔色に戻り、茉莉子を見て首を傾げた。

その憑《つ》き物のとれたような様子に、彼女の混沌《こんとん》とした精神状態を見て、茉莉子の背筋にスッと寒気のような不快感が走った。ふと薄く微笑むよし子の顔は、童女《どうじょ》のようにあどけなく無垢である。

「罪を犯した者は、裁かれなくてはいけません。彼女は、裁きを受けました。そして、私は彼女を赦《ゆる》した。けれど、どうしてそんな恐ろしい罪悪が生まれてしまったのか、私には最後までわかりませんでした。ですから、それを見つけるために行動しているのです」

よし子の絶望の地獄は、終わっていないのだ。彼女はこれからずっと、もうこの世にいない多恵の幻影を追いかけてゆくのだろうか。

よし子は多恵を理解したいがために、自分が嫌悪するものへと自ら身を浸そうとしている。彼女の心はすでに正常な働きを失っているのかもしれないけれど、向かってゆく先は愛した少女ただ一人なのだ。

「多恵様は、先生に見られていたことをご存じだったのですか」

「いいえ。そのときは、私は震え上がって逃げ出してしまいましたから、元木さんは気づかなかったでしょう。私は、学校の始まった後、あの噂の流れ始めた頃に、私があの光景を見たことを彼女に伝えたのです」

茉莉子は、多恵の顔色が紙のように真っ白だったことを思い出す。あれは、よし子に自分の恥ずべき姿を見られていたという絶望から来るものだったのだ。

その事実も、雅の指摘していた通りだった。ということは、やはりこの推理も当たっていたのだろう。

「酒田先生。その幽霊の噂を流したのは、先生なのですね」

「え？　幽霊の噂ですって」

「そうです。亡くなった八重子様の幽霊を見たと言っている生徒がいますが見ましたか、と皆様に訊《き》くことで、幽霊の噂を流したのです」

その手法は、聞いてみれば何とも呆気ない絡繰りだった。ありもしない噂を、さも皆がしているかのように、誰が話していたかは明かさず、生徒たちに聞いて回るのだ。茉莉子自身がそうされたように、他の生徒たちにも訊ねていった。

多感で噂好きの少女たちはわけもなく騙《だま》されて本当にその噂話をし始める。もしかすると、頃合いを見て、よし子は実際に幽霊のような演出も自らしたかもしれない。それを見た少女は興奮して周りに報告する。そうするうちに、少しの光の加減や、風の音や、ちょっとした錯覚が、幽霊の存在を確かなものにしてゆく。そうして、噂はひとりでに実体を持っていったのだ。

「春宮さんは、本当にしっかりとした、頭のよい子なのですね。元木さんは大嘘《おおうそ》つきだったけれど、あなたのことだけは、本当のことを言っていたのね」

授業中、よくできた生徒を褒めるときそのままの口調で、よし子は茉莉子に感心した様子だった。

「いいえ、私自身が気づいたのではありません。知人に推理の得意な方があるのです」

「あら、そうなの……。ほほほ、推理なんて、楽しげなことをしているのね」

まるで微笑ましい子どものお遊びを見るときのように、目を細めてよし子は笑う。

「そんな大げさなことをしなくたってよいのです。私はただ、元木さんに相応しいお伽話を描いただけなのですから」

「お伽話、ですか」

「ええ、そう。彼女は仲の悪かった級友の幽霊に連れてゆかれたのですよ。本当は仲が悪いなんて嘘なのだけれど」

えっ、と茉莉子は思わず声を上げる。

「八重子様と多恵様は、仲が悪いのではなかったのですか……？」

「米倉さんはね、元木さんが好きだったのです。ただのお友達以上にね。でも、すげなくされて、癇癪《かんしゃく》を起こしてしまったのよ。彼女は何でも自分の思う通りにならないと気が済《す》まない性格だったものだから、拗ねてしまったのね」

初耳だった。あの犬猿の仲と思われていた二人にそんな経緯があったとは、想像もつかない。あるいは、よし子のただの妄想なのかもしれないが、八重子が好意をはねのけられて逆上するというのは有り得そうな話である。

何しろ、多恵は美しい少女だったのだ。彼女には可憐な硝子細工のような愛らしさがあった。そのような話なら、八重子の他にも密かにいくらでもありそうだと思えた。

「そんな米倉さんですから、あの負けん気の強い執念で、元木さんを連れて行こうとするのは理にかなっているでしょう？　そして、あの花壇の花々の褥《しとね》。夕暮れ時の優しい赤い色。そこに横たわる元木さん……彼女のお伽話の、美しい結末です」

「その結末のために、先生は多恵様と、この音楽準備室で言葉を交わされたのですね。きっと多恵様は飲み物に入れられたお薬でお眠りになった。先生は小さな彼女を抱いて、すぐ上の屋上へお上がりになったのね」

多恵が落ちたとき、何の悲鳴も聞かれなかったことから、自殺でなければ、彼女は意識のないまま落ちたとしか考えられない、と雅は言った。学校内に関係者以外が侵入すれば、たとえ生徒たちの少なくなった時間帯だとはいえ目立つだろう。そして、何か飲食物を口にするには、温室育ちのお嬢様でも、やはりよく知っている人物の手からとしか考えられない。

（お伽話……少女趣味な多恵様の死に様と、大人の知恵……すべてが当てはまるのは、酒

田先生だと、雅兄様ははっきりと仰っていた）
よし子は今しがた教え子に殺人犯と指さされたにもかかわらず、どこか夢見るような眼差しで薄く微笑んでいる。彼女の中で、すでにそんなことはどうでもよくなっているのか、動揺の欠片《かけら》もない。
「でも、酒田先生のお伽話は終わっていないのですね」
語りかける茉莉子の声に、よし子はもう返事をしなかった。

＊＊＊

茉莉子は学校を後にし、その足で雅の許を訪れた。

そして今日起きたことを話すと、雅は興味深く聞き入りながら、指の間で敷島の煙をくゆらせ、小さく吐息する。

「なるほど……結婚ですか。そんな行動に出るとは、さすがに予想外でした」

「私も、今朝そのお話を耳にしたときには驚きましたわ。多恵様も亡くなったばかりだというのに、どうしていきなりそんなことになるのでしょうとふしぎでした」

「普通ならば、教え子が亡くなったのですから、結婚の話があったとしても先延ばしにするところです。けれど、そんな噂がすぐに明らかになったということは、多恵さんが亡くなってすぐに縁談の返事をしたということ。縁談自体は、以前から持ちかけられていたのだと思いますよ」

確かに、その順序が正しいのだろう。近々結婚する、などという噂であったが、それがいつになるかは明言されていない。身内ではないのだから喪が明けるまで待たなければならないということもなかろうが、今現在は縁談を受けるという返事をしただけで、結婚の日取りはまだ決まっていないのだろう。

「酒田先生は、多恵様を理解したいと仰っていました。疑問を確かめたいのだと」

「理解したいとは、面白いですね。激しく憎んだその罪を、自ら犯そうとしているとは。きっと彼女は、壊れてしまったのでしょうねえ。愛しい少女の不貞を発見した折に、致命的な傷を負ってしまったのでしょう。元々、壊れやすい、または壊れかけていたのかもしれませんが」

雅はのどかな声で、哀《あわ》れみを僅かに含んだ口ぶりで、いつものように諄々《じゅんじゅん》と語る。

「心が壊れても、見た目はそのままですから、誰も気づいてはくれません。おかしな動きのままに進み続ければ、いずれは完全に崩れてしまう。それがいつのことになるかはわかりませんが、それはそれで、彼女自身苦しいでしょうし、気の毒ではありますね。いつまでも恋しい少女の幻を追いかけて、終わりのない道をひた走るしかないのですから」

「酒田先生、お気の毒ですわ」

茉莉子は思わず呟いた。

「多恵様の方がもっとお気の毒ですけれど……一体、先生はどうしてそこまで多恵様を愛してしまったのでしょう。いくらかつての自分に似ているとはいっても、完全な片道ではないですか」

「さあ。もしかすると、そうではなかったかもわかりません」

雅は謎めいた微笑を口元に残しながら、どこか鋭い眼差しで敷島を挟む自らの指先を見つめている。

「女性はいくつもの顔を持っていますからね。天から授けられた演じるという才があるのです。だから、僕は女性に興味を持ちながら、疎《うと》ましいとも思ってしまうのですが」

「演じるって、多恵様が？　それとも、酒田先生？」

「そうですねえ……」

そう曖昧に呟いたきり、雅は一人で考えに耽ってしまって、まともに会話をしなくなった。退屈になった茉莉子は家へ帰ったものの、やはり雅の真意が気になって仕方がない。

翌日、それを確かめようと再び雅の家を訪れたものの、通いの女中だけがひょいと無愛想な顔を出し、「裏先生はご執筆のため、ご旅行に出かけられました」とだけ告げて、無情に門を閉めてしまう。

雅は時々こうして執筆活動に専念するため、ふらりとどこかへ消えてしまうことがあった。そして一度家を空けると、最低でも二週間ほどは戻って来ない。作家先生とは随分と優雅な仕事ぶりだなどと思ってしまうが、そこまでしなければひねり出せないものが甚だ評判が悪いのが、却って悲哀を誘う。

茉莉子はしばらく雅と会うのを我慢しなくてはならなくなった。学校でのよし子は相変わらず表面的にはいつもと変わらない。茉莉子が警察へ訴えるかもしれないというのに、そんなことも気にかけていないようだ。

女学生たちの噂話は数日も経てば別のものへと移っている。誰もが、以前あれだけ学校を騒がせた幽霊を忘れ、多恵を忘れ、教師の縁談を忘れていることを、茉莉子は奇異な目で眺めている。

(私だけ、別の世界で生きているみたい)

茉莉子は時折こう感じることがある。周囲の流れと違う空気が自分の周りにはまとわりついていて、誰もが違和感なく溶け込んでいる世界に、茉莉子だけが首を傾げて立ち尽くしたまま、馴染《なじ》めずに少し高い場所からただ眺めているような状況。

茉莉子が外の世界に入り込めないのと同様に、誰も茉莉子の世界に入って来ることはできない。そこには出入りする扉が存在しないので、互いに行き来の方法が見つからないのである。

「春宮さん」

ちょっといいかしら、と、いつかのようによし子が声をかけてくる。今度はどうしたのだろうと訝《いぶか》りながら言われるままについてゆくと、これまで同様音楽準備室に通され、そして大きめの茶封筒を手渡される。

「酒田先生、これは……」

「誰にも見られたくないものです」

よし子は真面目な顔をして矛盾《むじゅん》したことを言っている。

「ですから、あなたがそれを読むか、読まずに捨てるかは自由ですが、どうかばらまいたりはしないで頂戴ね」

「どうしてそんなものを私に？　私が見てしまっても、よろしいのですか」

「ええ。誰にも見られたくはないけれど、誰かには知っていてほしいの。それならば、春宮さんがいいと思ったから」

意味がよくわからなかったが、面と向かってそんな風に言われてしまえば、断って押し返すのも大儀である。わかりました、と返事をして封筒を受け取ると、茉莉子は大変なものを手に入れてしまったような気がして、足早に家路を急いだ。

自室に籠《こ》もり、まるで盗んできたもののようにおどおどしながら封筒の中身を確かめる。すると、そこには何通もの手紙が入っている。その封筒には消印があったりなかったり、中にはノオトの切れ端をただ折りたたんだだけのようなものまであって、頻繁にやり取りをしていたものらしかった。

その一通を広げて見てみると、少し湿気《しけ》った花模様の便箋《びんせん》にはこう綴《つづ》られている。


よし子姉様、今日の私のわがままを、どうぞ許してくださいましね。多恵は、よし子姉様が他の方を可愛がっているのが悲しくて、切なくて、つい拗ねてしまったのです。

よし子姉様をお慕いする気持ちは、絶対に誰にも負けません。今日もずっと、姉様のことばかりを考えてしまって、お琴の先生に叱られてしまいました。姉様の美しいお顔を思い浮かべると、多恵の胸は張り裂けてしまいそうです。

どうか、どうか、私以外の子を可愛がらないでくださいまし。多恵がいちばん大切だと、可愛いと、いつも囁いてくださいまし。そうでなくては、姉様が可愛がる他の子を、私は殺してしまうかもしれない。そのくらい、嫉妬の炎で全身が焼かれてしまうようです。

子どもな多恵を許してくださいね。多恵は馬鹿だから、欲しがりで、嫉妬深いのです。姉様のお心のすべてを手に入れなくては、気が済まないのです。

ああ、長い夏休みが来るのが憂鬱です。どうして姉様に会えない日々が続くのでしょうか。毎晩、よし子姉様の夢を見られたらいいのに。

姉様、どうか多恵の名を、その雲雀のような綺麗な声で、幾度も呼んでくださいませ。可愛いと囁いて、多恵の髪を優しく撫《な》でてくださいませ。多恵だけを愛しているのだと。

愛しいよし子姉様へ
あなただけの妹の多恵より

目を通しながら、茉莉子は思わず、息を呑んだ。

これは、明らかに多恵がよし子へ宛《あ》てて書いたものである。筆跡も確かに多恵のものだ。

その熱烈な愛の手紙に、茉莉子は衝撃を覚えた。

それから目についた何通かの手紙を読んでいけば、二人が頻繁に手紙を交わしていたことがわかる。意外にも、よし子と多恵は噂の通り『エス』の関係であったのだ。

(夏休みの間も、二人はやり取りをしている……多恵様は、酒田先生と家庭教師の男性と、二人の恋人を持っていたのだわ)

よし子の想いは、決して片道ではなかった。気持ちが通じ合っていると信じ切っていたところに、多恵の浮気を見てしまったのだろうか。

ようやく、雅の言っていた「女性はいくつもの顔を持っている」という言葉の意味がわかった。茉莉子から聞いたよし子の様子に、二人の関係を密かに察していたのだろう。

(多恵様は、私たちには家庭教師の恋人のことしか話されていなかった……酒田先生の方を秘密にしたいと思っていたのかしら)

あの可憐ないじらしい容貌の多恵を思い返してみても、まさかそんな、男も女も同時に手玉に取るような毒婦のようには到底見えない。彼女はか弱く、細々として華奢で、誰もが守ってやらなくてはという気持ちを覚えてしまうような、儚さ、愛くるしさを持っていた。それが、雅の言う『演じる才』だというのだろうか。

（それにしても、なぜ酒田先生は、私にこの手紙を渡したのだろう）

わからないのはそのことである。誰にも見られたくはない、けれど誰かに知っていてほしいと、明らかに矛盾するようなことを言っていた。彼女にとって、これは何より大事な愛の証《あかし》であるはずだが、同時に忌々《いまいま》しい、見たくも触れたくもないものになってしまったのだろうか。

何かとんでもないものを押し付けられてしまったような心地で、茉莉子は暗い気持ちになった。早く雅にもこれを見せて意見を聞いてみたいが、かの作家先生はいつ戻ってくるのかもわからない。

こんな重いものを一人で抱えていたくはない茉莉子は、これ以上の手紙を読むことはできず、茶封筒を引き出しの奥にしまって鍵をかけた。いっそのことすぐにでもこれをよし子に突き返して、「やはり受け取れません」と謝った方がよいのではないか。

頭を悩ませつつ夜は過ぎ、気怠《けだる》い体で学校へ行ってみると、そこは蜂の巣を突《つつ》いたような大騒ぎになっていた。

酒田よし子が、元木多恵とまったく同じ場所に落ちて死んでいたのだ。

「そうですか。彼女もお亡くなりになったのですね」

さして驚く様子もなく、雅はただ頷いた。その手には、茉莉子がよし子から受け取った手紙の一通が開かれている。

「結局、時間差の無理心中といったところでしょうか。僕は無理心中というのはどうも不可解で。二人で死んで同じ場所へ行けたとしても、あちらでは幸せになれそうもないと思いませんか。一人は無理やり殺されているのですから」

「さあ……今はどうでもいいことですわ」

結局二週間放っておかれたので、茉莉子は少し機嫌が悪い。

「それより、このお手紙、どうお思いになって」

「恋人同士の熱烈なやり取りでしょうねえ」

「どちらも本気で相手を愛していたのでしょうか。それとも、多恵様は酒田先生を弄《もてあそ》んでいたのかしら」

「さあ、どうでしょう……と言いたいところですが、何となくわかりますよ。実は、僕は多恵さんの家庭教師の方に会ってきたのです」

茉莉子は飲んでいた緑茶で噎《む》せそうになり、慌てて飲み下し息を落ち着かせる。

＊＊＊

「本当ですか。執筆活動のためにどこぞの温泉旅館にいるものとばかり」

「ええ、もちろん、そういった日もありましたよ。ただ、茉莉子さんからもたらされたこの件は、僕自身興味が湧いて、調べてみたいと思ったものですからね。一応、登場人物たちの話くらいは聞いてみようと思ったのです」

さすが副業とはいえ探偵である。そもそも趣味から始めたようなものなので、今でも仕事としてではなく個人的な好奇心で調査に乗り込んでしまうのだろう。

雅は多恵とは面識もなく家庭教師が誰なのかも知らないはずだが、名前から住所を割り出し、そこに出入りする人物を特定するというのも、これまで仕事で警察と関わってきたために造作もないことだったのかもしれない。

「それで、その方は……大谷さんは、どのようなお人柄だったのですか」

「やはり、多恵さんという少女が、演じる才に長《た》けていたのだと思いますね。彼自身は真面目で朴訥《ぼくとつ》で、到底華族のお姫様に喜々《きき》として手を出すような気性ではなさそうでしたよ」

茉莉子が多恵に聞いていた話では、確かに真面目で誠実で、しかしとても情熱的で、自分をとても愛しているとのことだった。それは関係が始まってのめり込んでからのことだったのだろうか。とすると、最初に誘いをかけたのは多恵の方なのか。

「そうだったのですか……今、大谷さんはご実家に？」

「いいえ、多恵さんの死が相当衝撃だったとみえて、伊豆《いず》の宿で静養していましたよ。そこへ話を聞きに行っちゃったんです。酷なことをしましたが、彼自身、誰かに打ち明けることができてよかったと言っていました」

「打ち明けるって……でも、警察には話を聞かれたでしょうに」

「ええ。けれど、話していないこともあったようです。多恵さんには、彼の他にも、いい人があったようですよ」

茉莉子は思わず目を瞠った。

「それは……酒田先生ではなくて?」

「違います。他に何人あるかわかりませんが、屋敷で働いている若い男性のほとんどだそうです」

言葉を失った。

あまりに衝撃的な、嘘のような話だ。あの儚げで、たおやかで、いつもあどけなく微笑んでいた多恵が、どうしてそんな多情な女だったと想像できよう。

「そんな……有り得ません」

「そう思うでしょうね。僕も茉莉子さんに聞いていた少女の印象とは随分違うので、驚いてしまいました。彼は、彼女の体はいつも燃えているので、仕方ないのだと話していましたよ。屋敷の人たちも、さすがに知っていたようです。けれど、多恵さんの名誉のために、警察にそのことは伏せていたようですね。どうやら、稀《まれ》にあの家の中ではそういう人が出るそうなので。彼はなかなかいい家の生まれだそうですし、高等な教育も受けているので、お友達に話す秘密の恋人としては相応しいと思って話に出したのでしょうね」

茉莉子はため息をつくことしかできなかった。所詮《しょせん》、学校で顔を合わせるだけの関係の少女である。彼女が学校の外で何をし、誰と会い、どんな生活を送っているのかなどということは、単なる学友の自分には知り得なかったことだ。それでも、これほどの驚きは、滅多にないに違いない。

「だからね、僕はこう思ったのですよ。彼女は、酒田女史に男の存在を知られて、顔色が悪くなったということですがね。彼女のような何人もの男と関係を持ってしまう性《さが》を持った人が、誰かに知られたくらいで顔色を変えるほど動揺するでしょうか？」

「言われてみれば……少し不自然のような気もしますわね」

「僕は、この手紙を見て同じことを感じました。なるほど、彼女はいくつもの顔を演じている。けれど、いちばんこうありたいと願っていた顔は、酒田女史との間で見せていた、清らかであり、情熱的であり、ひたむきに愛する人を慕う一途《いちず》な少女であったのではないかと」

茉莉子はどきりとして雅の涼やかな横顔を見つめた。音楽準備室でのよし子の透き通るような面差しを思い起こす。

「それでは……多恵様が、本当に愛していたのは」

「恐らく、そうなのだと思いますよ。彼女は、親しい友達には家庭教師の恋人のことを話していましたが、一方で、酒田女史のことは内緒にしていた。僕はそこに、彼女の愉悦を感じます。二人きりが知っていること。秘密の手紙。二人だけの細やかな情愛……そんなものを、とても大切にしていたのでしょう」

茉莉子は多恵の心情を想像して、切ないような気持ちを覚えた。生来多情で、男がいなければ内に燃え盛る火を鎮《しず》められないような体を持っていたとしても、彼女はいちばん愛しい人の前では、清らかでありたかったのだ。

茉莉子に恋はわからない。人を愛する気持ちは経験したことがない。けれど、すでにこの世になくとも、恋人たちの睦《むつ》み合う恋情を想像することは甘美であり、羨望《せんぼう》を覚える。きっと自分には縁のないものだから。

「酒田先生は、そのことを知らなかったのでしょうね。そうしたら、何かが変わっていたのかしら」

「さあ、どうでしょう。それを、彼女に言ってあげればよかったのでしょうね」

今となってはもう遅いですが、などと呟く雅に、思わず、えっと声を上げた。

「雅兄様……酒田先生にも会っていたのですか」

「はい。言ったでしょう、関係者に会いに行ったと」

「一体、何をお話ししたのです」

「もちろん、僕はこれまで茉莉子さんから話を聞いたことを受けて、自首を勧めたのですよ。罪は裁かれなくてはならないとは、彼女自身の言葉でしたね。僕も、その通りだと思っているからです」

「でも、結局先生は自首はせずに自ら命を断ってしまいました。私には、どうして先生がそんなことをしてしまったのかがわかりません」

「やはり、自責の念があったのではないですか」

「だって、先生はあれだけ綿密な計画を立てて、多恵様を自殺に見せかけて殺《あや》めたじゃありませんか。それは、自分が犯人として疑われないためでしょう？　ということは、先生は罪を問われずに助かりたかったはずなのです。それなのに、結局ご自身も多恵様と同じような格好で死んでしまわれるだなんて……」

　よし子の行動は、茉莉子から見ればちぐはぐで、いかにも一貫性がない。計画的に愛しい少女を殺したかと思えば、直後に縁談を承諾し、いち生徒である茉莉子に自分たちの恋文を託して、翌日には呆気なく死んでしまった。

「彼女は刑の執行者として生きていたのです。花壇の花で恋人の死体を飾ったように、彼女は殺し方にもその美学を貫こうとしていました。清らかでなければいけない少女が、嫉妬と憎悪にくるった女教師に殺されたという形であってはいけないと考えたのでしょう。幽霊の少女にとり殺されるという方が、遥《はる》かに童話的で、ロマンティックです」

「では、最初からご自分も死ぬおつもりだったのでしょうか？』」

「それはわかりませんが、すでに彼女は壊れてしまっているのです。自ら命を断つことは、予想できないことではありませんでしたよ。ただ少しのきっかけがあれば、彼女はいつでも容易く身を投げたでしょう」

ふと、茉莉子は違和感を覚える。雅がよし子に会ったのはいつのことなのだろうか。

思えば、よし子が茉莉子に大量の手紙を渡してきたのはあまりに唐突だった。よし子には遺書がなかったという。この手紙はもしかするとその代替品で、渡す前日には、彼女は身を投げることを決めていたのではないか。

「そのきっかけというのは、もしかして」

「さあ。何をどう捉《とら》えるかは相手次第ですからね。僕はただ、彼女が少しでも楽になれるよう、恋人を理解するにはどうすればいいかというのを僕なりにお話ししただけですよ」

「どんな風に？」

「あの娘の気持ちを知りたいのなら、彼女は結婚まではしていないのだからそこまでですることは無意味だということは教えました。酒田女史が恋人の真実をどこまで把握《はあく》しているかは知りませんが、僕の知りうる限りのことを話し、自分もその通りにすればいいと言ったのです。すべて、彼女の軌跡《きせき》を辿《たど》れば何かがわかるはずだと」

縁側に冷たく穏やかな、芳《かぐわ》しい風が吹く。

雅はその残酷な手管を、ためらいもせずにスラスラと茉莉子に語ってみせた。

自殺へ導くという行為は、罪になるのだろうか。彼が彼女を殺したのではない。けれど、彼女にこう言えば自らを殺すだろうという言葉を、この男は確実に知っているはずだった。

（試したのだわ。自分の言葉で、酒田先生がどう行動するのか。この人はいつもそう）

ひとつの理論を思いつくと、それを実践したくなる。その先にあるものが恐ろしい結末であっても、雅は一向に構わないのだろう。

（この人には、善悪の区別があまりない。ただわからないというのではなくて、そこに意味を見いだせない）

茉莉子は以前からそう感じている。自分の興味のあるもの、好奇心をそそるもの、そんなことが大事なので、世間の常識だとか決まりごとだとかは、人前では守ってみせるものの、露見しないところでは足元の石ころほどの価値もない。

（そう。私と同じなんだ、この人は。完全に同じでなくっても、とてもよく似ているに違いないんだわ）

それが、茉莉子が雅が気にかかる理由のうちの、最も大きなものである。

最初は、自宅の裏手に住む風変わりな男が、姉の初恋の相手だと知って興味を覚えた。

幼い頃から宴《うたげ》などで顔を合わせていたので身近な人物ではあったけれど、二人きりで会話をすることは少なく、随分と綺麗な、けれど少し変わった男の人、としか思っていなかった。

　しかし向き合って言葉を交わしているうちに、茉莉子は奇妙な共感というか、これまで誰にも感じたことのない連帯感のようなものを雅に持つようになっていった。

　雅は茉莉子を「面白い」と言う。こうして訪ねてゆけば在宅である限り、いつでも快く出迎えてくれるし、どんな話でも適当にあしらわず熱心に聞いてくれる。そうして、「茉莉子さんは面白いですね」と言うのだ。

　茉莉子はこの男が自分が感じているのと同じような共感を抱いているのか、わからない。けれど、自分自身、このおかしな、常識外れな、世間の道から逸《そ》れて平気な顔をして歩いているこの人物を「面白い」と思っているので、恐らくさほど遠い感覚ではないのだろう。

「茉莉子さん。先生が亡くなってしまって、悲しいですか」

　雅は茉莉子の顔を観察するような目をして、こちらをじっと見ている。

「短い間に、お友達と先生と、二人も亡くしてしまったのですから、とても苦しいでしょうね」

　そのうちの一人は、自分が死へ導いたようなものではないか。それを自ら告白しつつ、こんな問いかけをするのは何とも芝居じみているが、それより空々しいのは、好感を持っていた教師を死に追いやられたことをわかっていながら、雅に何の憤りも湧かぬ己の心である。

「ええ。多恵様のことは悲しかったですわ。先生は、悲しいというよりも、びっくりして。今も、唖然《あぜん》としてしまっています」

「そうですか。やはり、あなたの悲しみに直接出会うことは難しいらしい」

　雅はさも残念そうに美しい面を翳《かげ》らせる。

「僕が茉莉子さんの涙を見ることができる日は来るのでしょうか」

「おかしな人。そんなに私の涙が見たいのですか」

「漢詩には美人の涙を詠《よ》む表現も多くあるのです。雨に濡れた梨《なし》の花やら、玉の箸《はし》やら……、李賀も奥深い静かな場所に咲いている蘭の露《つゆ》、などと表現しています。女性の涙は美しいもののひとつに数えられているのですね。さしずめ、あなたの涙は白百合《しらゆり》の朝露……それこそ真珠のような、という形容が相応しいのでしょうね」

　綺麗だろうから見てみたい、と言っているのだろうが、ただ鑑賞したいがために泣いてほしいとは、何ともひどい話である。

　けれど、茉莉子も相手のことは言えない。その体を食べてみたい、匂いで肺臓《はいぞう》のすべてを満たしたい、などと思っているのだから。今も近くにいて美味《うま》そうな芳香《ほうこう》が茉莉子の食欲を刺激している。ちょっとだけ、その綺麗な指先をかじってみてはだめかしら、などという誘惑に駆られそうになりながら、平静を装っている。

「私もきっとたくさん泣くことはあると思います。けれど、それを雅兄様が見ることはできませんわ」

「おや、どうしてですか」

「だって、それは雅兄様が死んだときだもの」

そう。雅が死んでしまったら、きっとつまらないし、とても悲しい。だから、茉莉子は彼を食べることはできない。彼への憐《あわ》れみではなく、自分自身のためである。雅はすでに、茉莉子の生活になくてはならないものになっているのだから。

雅は麗《うら》らかに微笑んだ。

まるで天女のような、慈愛に満ちた温かな光が目にあふれた。

「それならば、僕は幸福ですよ。たとえ亡骸《なきがら》であろうとも、茉莉子さんの涙を受けられるのなら」

「人の不幸を幸福と思うだなんて、やっぱり雅兄様は変わっています」

ふいに、空気が湿っているのに気づく。細かな霧雨が、音もなく庭木を濡らしている。

「おや。この話の折に降るとは、鬼雨かもしれませんね」

「きう？」

「一般には、突然降り出す大雨のことを言うそうですが、李賀の詩では幽霊の降らせる雨という意味で使っています。お二人があの世で再会できて、嬉しいのではないですか」

「そうでしょうか……」

雨に霞む庭先には宵闇《よいやみ》の影が落ち、日は沈んでゆく。色を変えゆく木の葉の擦れる音のざわめきが、蒼《あお》い静けさにさざ波を立たせる。

秋の長い夜は、物憂げに深まってゆく。

人形

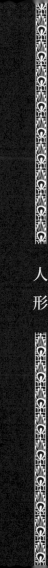

茉莉子の悩み

他の人に微笑《ほほえ》みかけては嫌
私以外の名を口にしては嫌
この胸の中にはいつでもそんな想いばかりが渦巻いている
こんなに近くにいるのに決して手の届かぬ人
こんなに欲しているのに私のものにはならぬ人
愛しているはずなのに、憎くて憎くてたまらぬ人
この張り裂けそうな胸を癒《い》やしてくれるのは、あなたに似たただの器
そんなものがなければ心を保てない、哀《あわ》れな私――

＊＊＊

先生、この度はありがとうございました、と何度も頭を下げる町田《まちだ》警部をようやく追い

払い、雅《みやび》は長椅子《ながいす》に身を投げて大きくため息をついた。

この狭い部屋にあの熊《くま》のようないかつい男を長時間置いていては、見た目にも物理的にも息が詰まる。関わる警察の人間は大体が質実剛健《しつじつごうけん》を旨《むね》とする士族出身の男たちなので、文弱の身である雅とはどうも水が合わないというか、男だらけの寮で過ごした一高時代の暑苦しい記憶が蘇《よみがえ》るのだ。

「やれやれ……疲れるものだなあ」

持ち込まれる事件を解決する度に懐《ふところ》は暖まるものの、完全に趣味でやっているようなものなので、正直相当な金額を受け取ることに違和感を覚えるのだ。ときにはこの家で話を聞くだけで片付けてしまうこともあるというのに、それだけでぽんと大金が入ってくるのは、まるで錬金術のようでもある。

趣味といえば作家業の方もそうかもしれないが、こちらは探偵業のようには上手《うま》くいかず、鳴かず飛ばずなのが辛いところではあるものの、それでこそやりがいがあると却《かえ》って闘志を燃やしている。

誰に聞いても感想は「暗い」「怖い」「気味が悪い」の三拍子ときていて、それを好む層もありそうなものの、そういった連中にすら「後味が悪すぎる」とそっぽを向かれている始末なのがいただけない。理想はかの李賀《りが》のように型破りな作風で鬼才と呼ばれ、万人受けはなくとも一部から熱狂的に支持されるような立ち位置なのだが、どうもその道程はかなり険しいようだ。

それにもかかわらず、どういうわけか小説の方も細々としているものの、仕事は途切れないのがふしぎといえばふしぎである。もううちでは書かないでくれと言われたこともなく、これだけ評判が悪いのに悪運だけは強いとみえて、今月末にも締め切りが待ち構えている。そのため、探偵業と重なって身も心もなかなかに疲れ果てていた。

そんな折、通いの女中《じょちゅう》の兼子《かねこ》がやって来て、開け放したままの書斎の扉を形ばかりにノックする。兼子は今年還暦《かんれき》を迎え、寝たきりになる者も多いその歳《とし》でカクシャクとしていて壮健そのものだ。仕事ぶりにも何ら不満はないが、如何《いかん》せんその鉄面皮《てつめんぴ》で誰が来ても無愛想なのが玉に瑕《きず》である。しかし会いたくない客を追い返すときに限っては、なかなか有効だ。

「裏《うら》先生、お客様がいらっしゃっておりますが」

「またですか……。今日は嫌に忙しいですね。一体誰なのです」

「春宮《はるみや》様の茉莉子《まりこ》様でございます」

その名を聞けば、疲れ切っていた体に自然と心地よい風の吹いたように、涼やかな爽快《そうかい》感を覚える。

迷わず「通してください」と返事をして、だらしなく寝そべっていた長椅子から身を起こし、立ち上がってせっせと身繕《みづくろ》いをする。

そうするうちにトントンと軽やかな足音が近づいてきて、扉の向こうから小さな白い顔がひょっこりと覗《のぞ》く。

「ごきげんよう、雅兄様」

「ああ……よく来てくれましたね」

さっきまで、今日はもう誰とも会いたくないと思っていたのに、この変わり様は我ながら現金である。雅は興味と好奇心のみで生きているような男なので、自分の気に入りのものであれば時と場所を選ばず受け入れる。

「お昼寝でもなさっていたの？」

「え、どうしてです」

「御髪《おぐし》が、ちょっと乱れているように見えたので」

はたと気づいて跳ねていた後頭部の髪を撫《な》でて整える。着物ばかりに気がいっていて、頭の方は油断していたようだ。

「いやなに、先ほどまで警察の客人がいたのですよ。それで、疲れてしまって、ちょっと横になっていたのです」

「まあ。じゃ、私出直して参りますわ」

「大丈夫ですよ。もうすっかり疲れは取れましたから。さ、座ってください」

雅はそのまま茉莉子に席を勧め、黒檀《こくたん》の丸い卓子《たくし》を挟んで向かい合う。

今日も茉莉子は輝くばかりに麗《うるわ》しい。目を閉じていても瞼《まぶた》の裏が明るく思えるほどだ。

白粉《おしろい》でも塗っているのかと思うほどに白い雪のような肌に、琥珀《こはく》色の瞳、薔薇《ばら》色の唇に、栗《くり》色の髪。あまりに何もかもが白く清らかな淡い光を含んでいるので、勝手に真珠姫《しんじゅひめ》などと呼んでいるものの、馬鹿《ばか》にされていると感じるらしく、茉莉子はこれを嫌がる。

江戸紫の着物に浅葱《あさぎ》色の半衿《はんえり》と、生成《きな》り色に鮮やかな緋色の紅葉《もみじ》模様を描いた帯が、その肌の美しさを引き立てている。顔立ちが素朴で優しげであるのではっきりとした色よりも淡い色彩の方が似合いそうなものだが、水白粉を塗ってくっきりとした化粧でもしてみればかなり化けそうな造形だ、と一回りも下の少女を頭の中であれやこれやと改造して楽しむのは、もはや習慣のひとつとなっていた。

雅本人は李賀を崇拝《すうはい》しているだけあって芳烈《ほうれつ》な表現やけばけばしいほどの極彩色を好むのだが、茉莉子ほどの眩《まばゆ》い白さを目の前にすると、何か神々しいような神聖美さえ感じて、色のない世界も悪くないと思える。この少女は一般的な日本美人の型からは外れるかもしれないが、他にふたつとないふしぎな魅力を内包しているのだ。

「こちら、よろしかったらお夕飯にでも召し上がって」

「ああ。これはまた美味《おい》しそうな煮物ですね」

「兼子さんの手間が一品分だけ省《はぶ》けるでしょうと、母が申しておりました。以前雅兄様が美味しいと仰《おつしや》っていた茄子《なす》と里芋《さといも》と油揚げを醬油《しようゆ》で煮たものです」

「ありがとう。奥方様にもよろしくお伝えくださいね」

丁度洋菓子と紅茶を持ってきた兼子に、煮物を引き取らせつつ、雅は春宮伯爵家に何となく思いを馳《は》せる。

春宮家は平安から続く公家の名家と聞いている。詳しくは知らないが時の朝廷でかなりの地位まで上り詰めた由緒正しい家柄のようで、貴族院議員として勤めている春宮伯爵は大臣の椅子も近いと言われる実力者だ。

公家華族といえば旧弊《きゅうへい》なしきたりに囚《とら》われた古い家という印象だが、春宮家にはあまりそういった気配は感じられない。まず、娘たちが自由奔放《ほんぽう》に育っているし、現在あの屋敷で女王然として実権を握っているのは、長女の桜子《さくらこ》だろう。今年十九の彼女は婿《むこ》養子をとり、去年息子を産み母親になったものの、昔から成績優秀だった才女の彼女は『玉蘭《ぎょくらん》』という名で詩人としてその歌は『心の花』などにも掲載され、歌集も評判でかなりの活躍を見せている。それは作家として雅が嫉妬《しっと》するほどの人気で、父と同じく貴族院議員をやっている夫を完全に尻に敷いているようだ。

末娘の琴子《ことこ》は十三歳。とにかくお転婆で、いつも外を駆け回っているので、華族令嬢らしからぬ小麦色の肌をしていて、今はテニスに夢中の様子。すでに大人の男を負かすほどの腕前であるという。

その姉と妹に比べれば、茉莉子は人々が考える『華族のお姫様』そのものである。大人しく穏やか、淑やかで、日常の所作にも気品があふれ、万事おっとりとしてなよやかであり、一度も大きな声を上げたりはしたない動作をしたのは見たことがない。

しかし、その中身は華族の姫君どころか、一般の娘としてもやや常軌《じょうき》を逸しているものだ。そのことを知っているのは家族や長い付き合いのある友人くらいだろう。その点が、雅がこの少女を気に入る最も大きな理由である。

「それで、今日はどうなさったのですか」

少し世間話をしていれば、いつもは茉莉子自《みずか》ら本題に入るのだが、今日に限って、なぜかもじもじとして容易《たやす》く口を開かない。促《うなが》すように訊ねてみると、少女は恥じらうように白い頰《ほお》を染めて、上目遣いに雅を見た。

「あの……今日は、ご相談したいことがございますの」

「ほう。また、この前のような事件が？」

「いいえ、今回は事件などではなくて、私が個人的に悩んでいることなのですけれど……」

「おや。一体どうしたのです。学校のことですか」

茉莉子は弱々しく頷《うなず》いた。

「どういうわけか、近頃、皆様に冷たくされているような気がするんですの」

「冷たく……というのは、具体的にどういったことでしょう」

「何というか、よそよそしいんです。頼み事をしても断られたり、私が会話に加わろうとするとなぜか途中でお話をやめてしまったり」

「それは……冷たいというか、意地悪をされているんじゃありませんか」

「ええ……私の勘違いでなければ、恐らくそうなのだと思います。先日は、教科書に落書きをされてしまいました。鉛筆も何本か折られてしまって」

初めは他愛《たわい》もない少女たちの気まぐれかと思って聞いていたが、ここにきて本格的な悪意の発露に、雅は一瞬、絶句した。

「なんですか、それは……明らかにいじめですよ。まあ、上品なお嬢さん方がそのような俗悪ないたずらをするとは、失望しました。僕がそんなひどいことをした子を叱《しか》ってやりましょう」

「あの、でも、どなたがされたのかというのは、わからないのです。私の教科書などを見た皆様は、一様に驚いてらっしゃる様子でしたので」

こんなときまで茉莉子はどこかぼんやりとしていて、何を考えているのか明確には見て取れない。

けれど、困惑している様子はありありと感じられる。それは茉莉子の表情を読み慣れた雅だからわかることなのかもしれないが、とにかくここへ相談にやって来たということは、彼女もかなり困っているのだろう。

「あなたに冷たいのは特定の人たちなのですか？　それとも、教室にいる全員がそんなひどいことを?」

「いいえ、全員ではありません。なぜこんなことになっているのかはわかりませんけれど、この状況でも私と仲よくしてくださっているお友達はおります」

「ああ、そういえば、城之内《じょうのうち》さんの紗也子《さやこ》さんも同じ学級にいましたね」

「ええ、そうです。仲よくしてくださるうちの一人は、紗也子様。そして、最近編入されてきた須崎愛子《すざきあいこ》様という方です」

「最近編入ということは、新しい学友の方ですか」

「はい。お父上のお仕事のご都合で、以前まで神戸《こうべ》にいたのが、東京へ引っ越したんだそうで。とても快活で、自由で、面白い方なんですの」

「ほう……何となくですが、そういったお嬢さんは新華族なのかなという気がしますが」

新華族とは、維新の功績や戦争の勲功などで爵位を与えられ、新しく華族の仲間入りを果たした人々のことだ。これに対するのが旧華族と呼ばれる面々で、公家や武家など、古くから続く由緒正しい家柄の者たちである。春宮伯爵家は旧華族であり、その中でもかなり古い家の部類に入る。旧華族は家の歴史の長さで判断するところがあり、そういう点で、新華族とはかなり折り合いが悪いのだった。

「いいえ、愛子様のおうちは華族ではございませんの。ただ、お父上が船を造る会社を経営してらして、とても裕福なんです」

それでは、成金ということだろう。茉莉子の学校は華族ならばほぼ無条件で入学できるが、平民でも入ることはできる。もちろん、その場合は試験と資金が必要だ。

「それじゃ、今まともにお付き合いができているのは、紗也子さんと、その愛子さんだけということですか」

「そうですわね……そう言っても差し支えないかと思いますわ」

茉莉子は目を伏せてため息を落とす。ふっさりと伏せた睫毛《まつげ》の長い影が、雪白の頬にかかって美しい。

「私、どうしてもわかりませんの。もしかすると、私が皆様に嫌われるようなことを知らずのうちにしでかしてしまっていたのかもしれませんけれど、あまりにも心当たりがなくって、ほとほと困っておりますのよ」

「そうでしょうねえ……そもそも、おっとりしたお姫様ばかりの学校だと思いこんでいたのですが、これまでも茉莉子さんがされたような意地悪は誰か他の生徒が受けていたのですか？」

「いいえ……私の認識する限り、そんなことはなかったと思いますわ」

「それじゃ、突然そんな状況になったということですね」

茉莉子は唇に人差し指を当てて、しばし考えている。

「突然……というわけでもないと思いますけれど……あの、多恵《たえ》様と酒田《さかた》先生が立て続けに亡くなってしまってから、まだひと月ほどしか経《た》っておりませんでしょう? あの事件のあった頃は、まったくそんな気配もなかったのです。それが、いつの間にか……」

「ところで、その須崎愛子さんが編入されたのはいつだったのですか」

「丁度夏休みが終わって学校が始まる頃でした。実際引っ越してきたのは七月の頭あたりだったそうなんですけれど、切りが悪いということで、夏休みが明けてからの編入となったそうでございますよ」

「なるほど……そうですか」

雅の頭にはすでに直感めいた答えが導き出されていたが、ここはひとつひとつ確かめてゆかねばならない。

「愛子さんは、誰とでも仲よくできるお嬢さんなのですか?」

「ええ、そうですわね。先ほども申しましたけれど、とても快活な方なのです。運動も得意でらして、背丈もとても大きいのです。紗也子様ほどではありませんけれど。私がのろまなものですから、よく助けてくださいます」

「それでは、皆愛子さんが好きでしょう。女学校ではそういった生徒さんが人気が出るのではないですか」

「仰る通りですわ。……あら、もしかして、私皆様に嫉妬されて意地悪をされているのかしら。愛子様と仲よくしているから……」

女学校の中で、親密な関係性を築く二人を『エス』などと呼んでいるということは、世間でも知られている。容貌《ようぼう》が美しかったり、成績が優秀であったり、運動に秀でていたり、とにかく目立つ存在の生徒が、そういった対象にされやすいのだと、雅は聞いていた。

やはり、女学校にしろ、男だけの学校にしろ、同性だけの空間で思春期を過ごしてしまうと、どこかしら偏《かたよ》った関係が生まれてしまうものだ。男女七歳にして席を同じうせずという時代である。上流階級の男女は特に、年頃の異性とは関わらずに学生生活を送るのが一般的であり、そんな窮屈《きゅうくつ》な生活の中では、輝いている同性に心を傾けてしまうのも、むしろ自然といえる環境なのだった。

「だとしたら、解決のしようがありませんわ。よくしてくださっている愛子様を拒むなんてできませんし……ほとぼりが冷めるのを待つしかないのかしら」

「愛子さんとは、彼女が編入してすぐに仲よくなったのですか？」

「すぐに、というわけではないんですけれど、気がついたらよく一緒にいるようになっていたんです。丁度あの事件の後あたりからかしら。私はご存じの通りのこんな性格ですから、ああいう活発な方には放っておけないと思われるらしいのです」

「ああ、なるほど……きっとそうなのでしょうね」

「お家の方向も一緒ですし、時々、愛子様のお迎えのお車に乗せていただいたこともありました。この前もお家にお邪魔させていただきましたの」

「ほう、お家にまで行かれたのですか。あなたのようなお嬢さん方は、家を行き来するようなお友達は親に決められると聞いたことがありますが……」

「ええ、そうですわね。確かに、家に呼ぶお友達と、普段学校で仲よくしているお友達が違うことはよくあるようですわ。でも、うちはそういったことはあまり気にしません。それに、最初に私が愛子様のお宅にお邪魔してしまいましたから、何かのときにうちにお呼びしないというのも失礼でしょう？　ですから、一度こちらにもお招きしたのです。休日に、お昼を一緒にいただきましたわ」

平民の子どもたちならば、相手の家のことなど気にせずに自由に友達と遊ぶのだろう。しかし、茉莉子たちのような上流階級の令嬢たちは、実家と親戚縁者であったり、家同士で交流があり、元々付き合いのある相手であったりと、同級生の家に遊びに行くのにも制限がかかるのだ。

それも、普通の家々の子らのように気軽に何度も訪問できるというわけでもない。雛《ひな》祭りや誕生日など、何か特別な行事があれば親が家に呼ぶ子どもを選んでしまう。その中には、学校でも特に仲よしというわけではない子が含まれていたりと、要するに校舎から一歩外へ出てしまえば、そこからは友達同士ではなく、家同士の付き合いになるのであった。

「あなたは愛子さんをどう思っているのですか。今はいちばんの仲よしでしょうか」

「いちばんかどうかはわかりません。元々、特別仲よしなお友達はいませんし……紗也子様は幼なじみですから、ほとんど家族のようなものですけれど」

「愛子さんの家にお邪魔したのは、周りの様子が変わる前ですか？」

「ええ……確か、そうです。愛子様がとてもよくしてくださるようになって……それから少しずつそんな風になりましたの。やっぱり、愛子様を独り占めしているのだと思われているような気がいたします」

「うん……茉莉子さんがそう思うのならそうかもしれませんね。そこまで人気のある愛子さんというお嬢さんを、一度見てみたいものですが」

　雅は愛子という少女の面影を想像した。きっと深窓の令嬢たちの間では珍しいような、活発な娘で、少年と見まごう涼やかな容姿なのだろう。成熟しきらない少女たちには、見慣れぬ野蛮《やばん》な本物の男などよりも、スラリとして背の高い、運動神経のよい、颯爽《さっそう》とした少女の方が、よほど素敵な王子様のように見えるのではないか。

「こんなこと、雅兄様にご相談してもどうにもならないとわかっているんですけれど……これからどうすることが正しいとお思いになる？」

「まあ……僕に言えることは、今仲よくしてくれているお友達を大切にすればいい、ということくらいですね。じきにその妙な状態は緩やかになっていくと思いますよ」

「本当？　どうしてそう思うのですか」

「だって、茉莉子さんは何も悪くないのですから、あなたが何か行動を改める必要はありませんよ。そうでしょう?」

茉莉子は戸惑ったように雅を見つめた。その真意を測ろうとするような疑わしげな目つきだが、何も答えを見つけられずに目を伏せる。

「ええ……そうだといいのですけれど。知らずに誰かを傷つけてしまっていることだってあるじゃありませんか。特に私は、そういうことが鈍いものですから」

「もちろん、そうです。でも、茉莉子さんがそんなことをするとは思えませんよ。あなたは確かにぼんやりしていてちょっとした変わり者ですけれど、相手を傷つけるような言動はこれまで見たこともないし、そのためにそんなに多くの人たちから意地悪をされるだなんて、有り得ません」

「雅兄様がそう仰ってくださるのは、嬉《うれ》しいけれど……」

それでは何の解決にもならない、とでも言いたげに、茉莉子は不満げな眼差《まなざ》しを雅に向ける。そんな目で見られても、自分は魔法使いではないのだから、今すぐここですべてを解決することなどできはしない。ただ、解決の道筋は、おぼろげには見えているけれど。

「大丈夫ですよ。あと一週間もしてご覧なさい。すべて元通りになっているに違いないのですから」

「そうでしょうか……」

「ええ、そのはずです。それでもおかしな状況が変わらなければ、僕が直接乗り込んで一喝してやりましょう」

雅の無茶な提案に、茉莉子の曇っていた表情が、ようやく笑み開かれる。

「そんなことをしたら、雅兄様がお縄になってしまいます」

「僕は一向構いませんよ。お縄になっても、警察にはコネクションがありますからね。融通が利くのです」

「まあ。それは心強いわ。では、いざというときにはお願いいたしますね」

それからしばらく、ここ最近で解決した事件のことを差し支えない範囲で話したり、茉莉子の家でのことを聞いたりしているうちに日が暮れてきて、来たときよりもよほどよい顔色になって、茉莉子は帰って行った。

その後ろ姿を見送りつつ、雅はさてどうしたものかと沈思《ちんし》する。やり方はすでに決まっている。だがそれをどう導き出すかを考えなくてはいけない。

もしまずい方向へいってしまうと、却って茉莉子の状況がますます悪くなってしまうかもしれないのだから、責任は重大である。学校とは彼女にとって日常の大半を占めるもの。そこが居心地の悪い場所となってしまっては、あまりにも気の毒である。

それにしても、あんな無害な少女に無体な真似《まね》をするとは、相手も随分な乱暴者だ。

もっとも、茉莉子はいざというときには無害どころか、躊躇《ためら》いもせずに急所を狙ってくるような危険な側面も持ち合わせているのだが。

夜会

数日後、雅は城之内侯爵家の広間で、フロック・コートに身を包み、楽団の奏でるワルツに合わせて踊る人々を眺めつつ、赤ワインを舐《な》めていた。

城之内侯爵は様々な事業を抱える城之内商会をまとめており、雅の実家の雨森《あめのもり》家は鉄鉱と土木で手広く商売をしている。雨森は侯爵には多大な出資や縁故《えんこ》で便宜《べんぎ》を図ってもらうなどの恩恵を受けていて、仕事関係で深い繋《つな》がりがあった。

春宮伯爵家との関係も同様であり、雅はそれゆえに、平民でありながら、子どもの頃から華族の社交界に通じ、華族であればほぼ無条件に入ることのできる帝大時代も含め、友人知人は平民よりもこの特権階級の人々の方が多かった。

城之内家と雨森家は夜会などの催しには互いにしょっちゅう招待し合う間柄で、華族同士の繋がりとはまた別の共同体である。

特に城之内侯爵は宴《うたげ》好きで、四季ごとに開く宴会はもちろん、何かにつけて豪勢な催しを開き、かつては雅もよく父に伴われて参加することが多かった。

その関係で、雅は大学在学中に、城之内家の長男の家庭教師として出入りしていたこともあり、この家の人々とは家族ぐるみの付き合いをしている。

「良人《よしひと》さん、お見えになっていたんですね」

かつて生徒として教えていた城之内常久《つねひさ》が、すでに酒に酔った赤い顔をして話しかけてくる。

久方ぶりに本名で呼びかけられて、雅は苦い顔をした。名字の方はそうでもないが、名前がどうにも幼い頃から気に食わない。『良人』などと、なんというつまらない名前なのだろうか。両親が何を思ってこのような愚鈍な名前を授けたのか、理解に苦しむ雅である。

しかし、このいかにも善良なお坊ちゃん然とした侯爵家の嫡男に、自分の美意識が許さぬからと筆名の方を呼んでくれと頼んでもふしぎがられるだけだろう。

「やあ、常久くん。どうです、学業の方は」

「いや、僕は良人さんのような秀才と違って凡愚《ぼんぐ》なもんですから、ついていくだけで精一杯です。早く卒業して、経営の勉強を実践で学びたいと思っているんです」

「ああ、それでいいのですよ。学者や思想家になるわけでもなし、君はちゃんと進むべき道が決まっているのですからね」

「良人さんは、いかがです。相変わらずお独りで？」

「君までそんなことを言うのですか。嫌になっちゃうなあ」

雅は父親に強制されていた学生の頃を過ぎれば、さっさと家を出て、このような夜会の類《たぐい》に出ることを拒否するようになった。その理由の最たるものは、こうしてあちらこちらから結婚の話を振られるからなのである。

「すみません、どうも、もったいないと思っちまって。縁談は腐るほどあるんでしょう?」

「まあ、僕などよりも君でしょう。お相手は決まっているのですか」

「ええ、まあ、一応は。ほとんど話したこともありませんが、どうせ結婚すれば嫌というほど一緒にいるんですからね」

「まあ、その通りです。どうせ結婚しなくてはいけないのなら、余計な苦労はしないに限りますからね」

彼らは、親に結婚相手を決められることが普通だと思っているので、誰も特に疑問は持たない。いつ聞いてもこういった話には慣れないが、平民の間では自由恋愛が普通になってきているので、上流階級の彼らの間にも時折、そんな風潮を見るようになった。

しかし、背負うものが大きくなればなるほど、個人の主張は許されなくなるものだ。この常久青年は、幸いにも旧態然とした決まりに疑問を覚えるほどの反骨精神を持っていないので、平穏に結婚し、無事家庭を持つことだろう。

「僕よりも先に、妹の方が早く結婚するんじゃないですか。二年後に卒業したら、さっさと片付く話ができていますし」

「へえ。そうなのですか。紗也子さんが」

雅は広間の中央で踊っている、豊かな黒髪を夜会巻きにした、深い藍色のデコルテ姿の紗也子を認めた。

茉莉子と同じ十五歳とは思えぬほどの長身で大人びた雰囲気の紗也子は、洋装姿になると、ますますその女性らしい体つきが強調され、後ろ姿を見ればまるで西洋の女のように立派な体格をしている。

全体、城之内家の面々は体の大きな者がほとんどだが、紗也子も例に漏れず、大きな骨格に肉付きがたっぷりとしていて、時として肉感的な年増女にも見えるほど豊艶《ほうえん》だった。

「女学生を終えたすぐ後に、結婚ですか。早過ぎるような気もしますね」

「女の結婚は早い方がいいのです。それが紗也子のためでもありますし。僕もそうですが、将来の道は予《あらかじ》めきっちりと決められているのがいちばんですよ。迷っている時間は、あまり有益とは言えませんから」

「なるほど。一理ありますね」

と、口ではそう応《こた》えつつ、何とつまらない人々か、と雅は勝手に同情している。

果たして、自分の道を自分で決められぬ人生は、己の人生と言えるのか。考えることを放棄し、決められた道のりだけを歩き、いざその先が崖になり続かなくなったところで、そのまま進む術《すべ》しか知らぬ彼らは、迷いもなく次々と崖下に落ちてゆくのだろう。

人々が若人《わこうど》に早い結婚を強《し》いるのは、家を存続させるためだ。雅は雨森家の長男だが、幸いにも優秀な弟がいるために、すでに大学を出た折に跡継ぎは弟にと明言してある。父親も早くから雅に会社経営などやる気がないのを察していたのか、案外弱い抵抗で諦めてくれたのだが、縁談の方は未《いま》だにめげずに矢継ぎ早に送ってくるので、すこぶる辟易《へきえき》しているのである。

常久の相手をするのも退屈してきたので、雅は頃合いを見計らって、「ちょっと失礼」と広間を出た。給仕や来客の対応に忙しい使用人たちの間をすり抜け、雅は何食わぬ顔で二階へと上がる。

家庭教師をしていた頃とまったく変わらぬ間取りであれば、目的の部屋はあそこであるとすぐに見当をつけ、臙脂《えんじ》色の絨毯《じゅうたん》の敷かれた廊下を静かに歩いてゆく。

幸い、鍵はかかっていなかった。扉を開ければ、可愛《かわい》らしい西洋風の部屋が目の前に広がっている。

室内の調度品は落ち着いた色合いのものが多く、カアテンやベッドの天蓋《てんがい》などは上品なコバルト・ブルーで統一されている。先ほど見たデコルテも藍色だったので、恐らく紗也子は深い青色が好きなのだろう。硝子《ガラス》の箱に入れられた仏蘭西《フランス》人形や市松《いちまつ》人形などがマントルピイスや棚の上にいくつも配され、みずみずしい花々の活《い》けられた花瓶の傍《かたわ》らには、天使の装飾の置き時計がコッチコッチと規則正しい音を刻んでいる。

　雅は無遠慮に部屋の中に立ち入り、ぐるりと室内を見渡した。机の上には何も置かれていないし、本棚もきっちりと整理整頓《せいとん》されている。どこもかしこも綺麗《きれい》に片付いていて、いっそ味気ないほどに清潔なのだが、雅が見てみたいものは一見してわからぬところにあるらしい。

　それがどんな形でどこに存在しているかもわからない。とにかく何らかのものを見つけなくては、これからのことは難しくなるだろうと感じていた。

　雅は好き勝手に室内を探った。机の引き出しに入っている何冊かのノオト、本の一冊一冊の中身、ベッドの下やタンスの裏、隅々《すみずみ》まで確認した。

　ふと、雅の目に部屋の隅にかけられた大きな姿見が留まる。近寄ってみると、その右端だけ、やたらと指紋で汚れている。同じ場所をそっと押してみると、妙な違和感があった。花柄の彫刻の施《ほどこ》された木枠の微妙な継ぎ目を指で押し込めば、そこだけくるりとひっくり返って取っ手になる。

（なるほど、隠し扉か）

　かつての武家屋敷には、万一に備えて隠し部屋や抜け道などが造られていることも多かったという。城之内家も元は出羽国《でわのくに》二十万石の武家華族であり、その風習の名残で、大正の世となった現在でもこの洋館にこんなものをこしらえたのだろうか。

　雅は細工の取っ手に指をかけ、押しても動かぬので、横へ引いてみる。すると案外軽い感触でそこは開いた。

　中は二帖《じょう》ほどの小さな部屋になっている。窓も何もないその空間には、所狭しと硝子の棚が並び、そこには部屋の中に飾られていた人形とはまた別の、仏蘭西人形とも日本人形ともつかない、ふしぎな造形の人形たちが整然と並べられていた。

　あるものは着物を着て、あるものは洋装である。幼い赤子のようなものから、すんなりと育った娘の顔のものまで揃《そろ》っているが、顔はすべて同じだった。

　青白いほどの明るい肌、琥珀色の瞳、淡い栗色の髪に、薔薇色の唇――。

「そこで何をなさっているの」

　怒りに震える声が背後で響く。

「勝手に人の部屋へ入って。人を呼びますよ」

　部屋の主《あるじ》が帰ってきたらしい。目当てのものは見つかったので大人しく降参しようと、雅はヘラヘラ笑いながら振り向いた。

　その顔を見て、紗也子は目を丸くしている。

「まあ、良人さん。あなたがどうしてここにいるのですか」

「すみません。ちょっと退屈で探検していたら、この部屋に辿《たど》りついてしまって」

「おかしな言い訳をして。私の部屋で何をしていたんです」

　さすがに、簡単に許してはくれないらしい。見事にデコルテを着こなした、西洋の娘とも見まごう立派な体格の紗也子が全身で怒りをあらわにする姿は、壮麗で美しい。身長では五尺八寸ほどはある雅が当然勝《まさ》るものの、それよりも遥《はる》かに大きく見えるほどの迫力がある。

　そんなことを思いながら雅は肩をすくめ、後ろの夥《おびただ》しい人形たちを呑気《のんき》に振り返った。

「ところで、すごいですね、この人形は。部屋の中も、この隠し部屋も人形だらけです。ここにあるものがすべてですか。それとも、他にも飾ってある場所があるのでしょうか」

「私の質問に答えてください、良人さん。いくらあなたでも、女の部屋にこそこそと入って泥棒みたいな真似をして、許されるわけがありません」

「ええ、そうですね。申し訳ありません。ただ、泥棒は泥棒でも、ねずみ小僧ですよ。僕は、義憤に駆られてこんなことをしでかしたんです」

「義憤……？　一体、何の話です」

「わかっているでしょう。僕が誰のために動くかなんて」

　問いかけに問いかけで返すと、紗也子は一瞬喉《のど》をつまらせたように呻《うめ》き、不審な目つきで雅を睨《にら》みつけた。

「それは……茉莉子様のこと？」

「ええ、そうです。茉莉子さんは先日、僕のところへ相談に来たのです。最近の学校でのことをね」

「それが、どうして私の部屋に忍び込むことに繋がるんです」

「だって、彼女をいじめているのはあなたなんでしょう？　紗也子さん」

「私が、あの子をいじめるですって」

紗也子の目に怒りの炎が燃え上がる。

「有り得ないわ。どうしてそうなるんです。私はあの子の幼なじみなのに」

「須崎愛子さん、ご存じですね」

その名を口にすると、少女の顔は僅《わず》かに強張《こわば》った。

「そりゃ、知っていますよ。同じ教室で毎日顔を合わせていますもの」

「彼女の家も、この辺りだそうで。茉莉子さんは時々彼女と一緒に帰るようになったらしいですね」

雅がこう言うと、紗也子の頬は昂《たかぶ》る感情に上気し、強い苛立《いらだ》ちがその表情に宿る。

「一体、何が仰りたいの」

「愛子さんは背丈もあなたには及ばないがかなり高いらしい。そして、茉莉子さんを気に入って、かなり露骨に接近しているようです。帰りは自動車で茉莉子さんを送り、家にも呼んだというじゃありませんか。彼女は夏休みが明けてから編入したそうですので、たったの二カ月ほどでかなり親密になっている。あなた、これをどう思いますか」

「私が二人に嫉妬したと仰りたいのね」

紗也子のドレスを摑《つか》む手がわなわなと震え、憤《いきどお》りを強いて抑えるように、小刻みに首を振っている。そして落ち着きのない獣のように室内をうろつきながら、陰険な目つきで雅をじろじろと睨《ね》めつける。

「確かにそうかもしれない。でも、それがどうして、私が茉莉ちゃんをいじめることになるんです。私はあの子が大好きなんですよ」

「それはもう、嫌というほどわかりますよ。こんな人形を作らせるほどですものね。茉莉子さんに素晴らしくよく似ていますよ」

「茉莉ちゃんに似ている人形があるから、どうしていけないんです。何で私がそんな疑いをかけられなきゃいけないの」

紗也子はひどく興奮して、呼び方が人前のものでなく、友人同士のものに戻っている。

雅はその年相応の少女の幼さを、好ましいと感じた。容貌はまったく大人の女性にひけをとらない妖艶《ようえん》さでも、彼女の心はまだ子どもなのである。そして、その繊細な感情は、幼さゆえの優しさとむごさを含んでいる。そのことが、この変わり者の男を無性に嬉しがらせるのだ。

「あなたは茉莉子さんに関する有りもしない話を吹聴して、周りから彼女を遠ざけましたね。周りの少女たちは、幼なじみのあなたが嘘《うそ》をつくわけはないのだからと信じてしまったでしょう。それがどういった内容かはわかりませんが、のんびりとした同級生たちにもよほど嫌悪感を覚えさせるものだったに違いない。今最も効果的なものならば、まだ生々しく皆が覚えている、多恵さんや酒田女史の件だったかもしれません」

「だから……どうして私がそんなことをしなきゃいけないんです。でたらめ過ぎるわ」

「ええ、本当にでたらめです。あなたはやはりまだ子どもだ。皆に冷たくされている中で自分だけが親切にすれば、茉莉子さんがあなたのありがたさを思い出すと考えたのではないですか」

紗也子のみずみずしい白い喉が、生き物のように上下した。重い瞼の下から覗く濡《ぬ》れた黒目が一瞬激しい憎悪を孕《はら》んで雅を見る。

「けれど、そこにはひとつの大きな誤算があった。いちばん茉莉子さんから遠ざけたかった愛子さんが、あなたの話をまったく意に介さなかったことです」

そう、初めは愛子こそに茉莉子への嫌悪を植え付けたかったに違いない。しかし、彼女は紗也子の思い通りにはならなかった。

「それはある意味当然でしょう。僕の想像通り、あなたが多恵さんたちの死に関する嘘を吹聴したって、編入したばかりで彼女たちと馴染《なじ》みの薄い愛子さんにとっては、茉莉子さんを嫌うほどの理由にはならない。結局、皆が茉莉子さんに冷たく当たる中、あなたと愛子さんだけが彼女に優しくし、あなただけが彼女の味方なのだという、あなたの理想的環境は崩れ去ってしまった」

そう、これは子どもの頃に誰もが思いうかべる幻想だ。愛された子どもは自分が世界の中心だと固く信じている。自分が特別であり、思い通りにならないことなどないのだと。けれど、その夢想は家の外に飛び出した後、徐々に崩れてゆくものだ。純粋な利己心を持つ子どもたちは、様々な架空の主人公を描き始める。自分が英雄的な存在になれる舞台を。愛する人が自分だけを愛してくれる必然的な状況を。

「だからあなたは、次の手に出ました。彼女の持ち物を破壊するなど、もっと過激な仕打ちを密《ひそ》かに茉莉子さんに対して行い、それを後に、あれは愛子さんの仕業だとでもほのめかすつもりだったのでは？」

紗也子の無言を肯定《こうてい》と受け取り、雅は話し続ける。

「そして茉莉子さんの心が愛子さんから離れれば、ようやくあなたの目的は達成される。なかなか大胆ですが、残酷で、そしてひどく子どもじみた計画でもあります。これまであなた以外に特別仲よしな友人がいなかった茉莉子さんが、他の誰かに取られてしまうかもしれないという恐怖を覚えたので、咄嗟《とっさ》にこんな計画を考えついてしまったのでしょうか？」

紗也子は沈黙を続けている。ただ雅を刺し貫くような鋭い視線で見つめ、長い睫毛の奥に光る黒目は、動揺しているというよりもむしろ余裕を感じさせるような静けさをたたえ、先ほどの苛立ちはいつの間にかどこかへ消えた様子である。

「……あと、二年しかないのです」

「はい？」

「あと二年で、私の女学生の生活は終わります。他家に嫁いで、妻として生きなくてはいけなくなる。あの子の側で、他愛のないお喋《しゃべ》りをして、同じものを見て笑って、ふざけあって、当然のようにあの子と過ごすことができるのも、あと二年なのです」

なるほど、先ほど広間で兄の常久が言っていたことは事実であったらしい。紗也子も強いて親の決めた道を外れるつもりはないらしく、すでにそれは覆《くつがえ》らない決定事項として語られている。

「それなのに、途中からいきなり割り込んできたあんな子に、私と茉莉ちゃんの時間を邪魔されたくなかったのです。どうして小さい頃からずっと仲よしでいた私たちの間に、あんな卑《いや》しい生まれの、図々しい人が入ってこられるのでしょう？　あの人、本当に意地汚いのです。まるで残飯を漁る野良犬のようだわ。何にでもせこせこと首を突っ込んできて、茉莉ちゃんに尻尾を振るの。ああ、本当に下品で汚らわしいこと」

愛子を口汚く罵《ののし》る紗也子の顔は青ざめ、赤い唇はねじれて引きつり、口の端に白い泡をためて、夢中になって甲高《かんだか》い声で捲《まく》し立てる。軽蔑《けいべつ》しきったような表情でせせら笑いながら、普段のゆったりとした豊かな顔立ちは面白いように醜《みにく》く歪《ゆが》んでいる。

「ええ、背こそ高くて立派に見えるかもしれませんけれど、肌は浅黒いし鼻も不格好だし、品のない顔で見られたものじゃありません。何よりあの手つき！　あれは下賤《げせん》な女の手指です。教科書なんぞをめくるより、土をいじったり煤《すす》で汚れている方が似合う手ですわ。私たちのような高潔な種類の人間に交じるなんてとんでもない女なのです。そんな動物のような人が、私たちの間に割って入るだなんて、絶対に許せませんでした。あの厚顔無恥な人も、そして……やすやすとあんな人と仲よくなってしまう茉莉ちゃんも」

「それはあなた、傲慢《ごうまん》というものです。茉莉子さんにだって、あなたの他にも仲よしの友人を作る権利はありますよ」

「そりゃそうでしょうけれど、私以上に茉莉ちゃんを大切に想っている友達なんかいませんわ。そのことを知っているはずなのに、私を置いてあの子と帰ってしまったり、内緒で家に行って遊んだり、ひどい裏切りです。それを知ったときに、何体かの人形を壊してしまったくらい」

　雅は整然と並べられた人形たちの棚を見た。そこにはどこにも空白はなく、やはりこの場所以外にも人形を並べてある場所があるのかもしれない。しかし、茉莉子と同じ顔をした人形をわざわざ何体も造らせておきながら、自ら壊すとは穏やかでない。

「なるほど、紗也子さんの想いの強さは理解しました。けれど、あなたが茉莉子さんを大切に思っているのなら、どうして彼女に悲しい思いをさせるのですか」

「悲しい思い……？　悲しいのは私です。それに気づかない茉莉ちゃんが悪いのです」

「悲しんでいるから、僕のところへ来たのですよ。最近学校の皆がおかしいと。どうしたらいいのかと、落ち込んでいるようでしたよ」

「私は変わらず優しくしてあげているのに、やっぱり誰も彼もから愛されたいのですね。私さえいたらよいはずだったのに、落ち込んでしまうなんて。まあ、なんてわがままなんでしょう」

話が通じていないことに気づいた雅は、口を閉ざした。彼女をいくら説得しようとしても、恐らくは無駄だ。今正常な判断は失われ、ただ茉莉子を自分だけのものにすることしか考えていない。

一体、いつからこんな風に恐ろしいほどの執着を抱くようになってしまったのだろうか。紗也子にとって、まさしく茉莉子は気に入りの人形だ。彼女がどう思うかなどは関係なく、ただ己の欲を満たそうとしている。

「紗也子さん。あなたは由緒正しい家の立派なお嬢さんです。今一度冷静になって考えてご覧なさい。今自分がしていることの愚《おろ》かしさを」

「立派なお嬢さん……そんなものが何になるでしょう。良人さんはいいわね、殿方だもの」

「はい?」

「いくら私があの子を愛したところで、女じゃ何にもなりゃしない……結婚できなきゃ、意味がないわよ」

紗也子はやるせないため息をついた。

「私も殿方であればよかった。そうしたら、お父様に頼んで、何とか茉莉ちゃんと結婚させてもらったのに。その可能性はゼロではなかったはずなのに」

脈絡もなく結婚の話をし始める紗也子を、雅はふしぎな心持ちで観察する。幼なじみの少女と結婚したいがために、彼女は男になりたがっているのだろうか。

「しかし、結婚までいかずとも、女学校には二人が親密になる関係の隠語があるじゃありませんか」

「あんなもの……」

紗也子はフン、と馬鹿にしたように鼻で笑う。

「ただ短い期間の恋人ごっこですわ。そんなことをして何になるのでしょう。結婚できなければ、一生一緒にはいられない……別れることが決まっているのにそんな関係を結ぶだなんて、私には無駄としか思えません」

「結婚したとしても、変わらずお友達でいることはできるでしょう。そのうち茉莉子さんだって結婚します。社交界で顔を合わせる機会も少なくないはずです」

「そんなことはわかっていますわ。ただ、今のように毎日会うことはできなくなるじゃありませんか。それがひどく辛いのです。考えるだけで胸が潰《つぶ》れてしまいそうなほど」

「だから、人形を造らせたのですか。茉莉子さんに似た人形を、こんなにもたくさん」

紗也子は微笑みながら頷いた。

「良人さんは、何でもお見通しですのね。まるで最初からすべてを知っていたみたい。そういえば、子どもの頃から神童と呼ばれていたのですものね」

「お恥ずかしい。ただの想像ですが、当たっていたならば幸いです」

「ええ、そう。その通りですわ。あの子を持っていけないから、人形をこしらえたのです。ずっと一緒にいられる人形をね。本当は、何よりもあの子本人が欲しいのだけれど、不可能なので数だけでも多く造りましたの。毎日たくさんの彼女に囲まれていれば、少しでも悲しみが和らぎますもの……」

「紗也子さんは、自分が殿方であったならば、茉莉子さんと結婚したいと仰りましたが、その逆でもそう思いましたか」

「茉莉ちゃんが殿方だったら、ということ？　想像もつかないけれど、きっとそうだと思いますわ。でも、私にとっての茉莉ちゃんは女の子ですから、わかりません」

「あなたは、男性より女性の方が好きというわけじゃないのですね」

「男性も女性も関係ありませんわ。私は、茉莉ちゃんが好きなんです。あの子だけが」

紗也子は陶然とした眼差しで硝子越しに人形を眺め、おもむろに戸を開けて、その中の一体を取り出し、白い腕の中に抱きしめる。まるで赤子を抱くように愛《いと》おしげな、慈愛に満ちた手つきで栗色の髪を撫でている。

「良人さんも、ご存じでしょう。あの子は、少し変わっているんです。傍目《はため》にはただおっとりとした呑気な子だと見えますけれど、普通じゃ考えられないことだって、簡単にしてのけてしまう。私がずっと一緒にいて、茉莉ちゃんに驚かされたことなんて、本当にたくさんあり過ぎて数え切れないほどですわ」

「ええ……わかります。僕が茉莉子さんを気に入っているのも、そのことが大きいのです」

「あら、そうなんですの。でも、私は別にあの子が変わっているから好きというわけじゃありません。いいえ、変わっているからこそあんなことをしてくれたのでしょうから、どうとも言えないんですけれど……」

紗也子は唇を舐め、雅の様子を窺《うかが》うように上目遣いでその顔を観察する。その手は、絶えず胸の人形を愛撫《あいぶ》し、それが彼女の気持ちを落ち着かせているようでもあった。

「もう、言ってしまおうかしら。良人さんがここまで私と茉莉ちゃんのことを知ってしまっているのなら、同じことでしょうね」

「ほう。何か二人の秘密でもあるのですか」

「ええ……。もう随分昔のことですけれど、私たち、死体を隠したことがあるんですの」

雅は瞬《まばた》きをして、紗也子を凝視した。

一体彼女は、何を思ってそんな恐ろしいことを告白したのか。勝手に自分の部屋に侵入し、しかも自分の卑劣《ひれつ》な行為を暴き、糾弾《きゅうだん》している男に。

しかし、その告白には大いに好奇心をそそられる。紗也子の心中はいざ知らず、雅は話の先を促した。

「へえ。それはすごい。随分な秘密だ」

「驚いたでしょうね」

「それは、もちろん。死体を隠すとは、全体どういった話なんです」

「そのままですわ。あれは夏の軽井沢《かるいざわ》でのことでした。私たち二家族は例年通り、別荘で蒸し暑い日々を過ごしておりましたの。母たちと桜子さんは琴ちゃんを連れてお買い物、父たちや兄はテニス、私と茉莉ちゃんは別荘近くの森で遊んでおりました。お目付け役の女中が一緒で、名前はおみね。当時、私たちは確か八つで、おみねは丁度今の私ほどの年齢だったかと思います」

それでは、七年前の話のようだ。雅からすると、さほど昔のことではない年月だが、彼女たちからすれば人生の折り返し地点なのだから、かなり以前のことのように思われるのかもしれない。

「私は昔から運動が得意でしたけれど、おみねもなかなか敏捷《びんしょう》な娘でした。茉莉ちゃんはお転婆なことはあまり好まず、私とおみねが様々なことで競争をするのを楽しそうに見ておりました。ある日、私たちは木登りの競争をいたしました。同じくらいの高さの木に同時に登って、てっぺんまで行って先に戻ってきた方の勝ちです」

「木登りだなんて、ご令嬢がそんなことをするのですか」

「ええ、大人がいればもちろん叱られましたけれど。見られていなければ、私たちだって普通の娘と変わりませんわ。私は普段から洋服が多いんですけれど、茉莉ちゃんは夏の避暑地に行く折にだけ、洋装をしておりました。その日も私はセエラア、茉莉ちゃんは薄地木綿の白い夏服で、前身頃から後身頃にかけて幅広のフリルのついた可愛らしいもので、よく覚えております。白くて汚れてしまうからと、私たちが木登りをしようという間、あの子はおみねの持ってきた茣蓙《ござ》の上に座って、お人形のための花飾りをそこらで摘んできた黄色や桃色の花で編んでおりました」

　確かに茉莉子の洋装はあまり見ないかもしれない。普段は和装で、夏の暑い日には稀《まれ》に洋服を着ているのは見るものの、本人が着物を好んでいるのか、洋服ばかり着ている妹の琴子や度々洋装を楽しんでいる桜子に比べて、和装を通している茉莉子は服装の点では大人しい印象を受ける。

「そして、私はふと、あるいたずらを思いついて、おみねをからかおうと思ったのです。最初一緒に木登りをする振りをして、こっそりと途中で下りて、上まで登ったおみねの木を揺らしてやるのです。おみねは気のしっかりした、私からすると少々鼻持ちならないところもある娘でしたので、ちょっと怖がらせてやろうと思ったのですね。そうして実際にいたずらをしてやると、おみねはびっくりして随分上から落ちてしまって、頭を打って、呆気《あっけ》なく死んでしまったんです」

さすがに、その場面を語るとき、紗也子の声は震えた。

「私は愕然《がくぜん》としました。動かなくなったおみねに近寄ることもできなかったので、茉莉ちゃんがそこへ行って、死んでいるのを確認しました。そんなつもりはなかったとはいえ、私がおみねを死なせたのです。おみねが勝手に落ちたと言えばよいのでしょうけれど、ほんの子どもですから、上手く嘘などつけません。どうしようと泣きわめきながら立ち尽くしていると、茉莉ちゃんがこう言ったのです。『隠しちゃおうか』と」

「ほう……。茉莉子さんの方が、そう提案したのですか」

「ええ。その前に私が色々と駄々をこねていましたから、持て余してそう言ったのかもしれません。とにかく、私には救いの女神が現れたかのような言葉でした」

なるほど、茉莉子ならばそう言うかもしれない、と雅は納得する。

紗也子はひどく取り乱していたのだろう。どうしよう、死んじゃった、警察に捕まっちゃう、怖い、等々。茉莉子はその状況を見て、死人を生き返らせることはできないし、友達が警察に捕まってしまうのも可哀想《かわいそう》なので、この死体が見つからなければよい、と判断したに違いない。

冷静なのではない。紗也子の混乱に共感せず、その場で考え得ることを提案したに過ぎない。彼女が取り乱すとすれば、それは彼女自身に何かが起きたときである。

雅はその光景を想像して、ゾクゾクと体が震えるような興奮を覚えた。女中の死体と、二人の幼い少女。恐怖に怯《おび》える紗也子は、平然としている茉莉子に泣きながらすがりついていたことだろう。おぞましく、滑稽《こっけい》で、きわめて非日常的な、雅にとってはこの上なく魅力的な絵面である。

「しかし、二人ともまだ八つでしょう。隠すと言ったって……その女中さんの体は、小さかったのですか」

「ええ。二人で運べないことはありませんでした。すでに私はもっと上の年齢に間違われるほど、体も大きくなっていましたし、ひょっとするとおみねよりも大きかったかもしれません。そこに問題はありませんでした」

喋っているうちに、紗也子は少しずつ落ち着きを取り戻し、心持ち青ざめていた顔に血の気を灯《とも》しながら、滔々《とうとう》と話を続ける。

「丁度私たちは近くにもう使われていない古井戸があるのを知っていました。草むらに覆われていて他の人たちはほとんど気がつきません。江戸の頃の宿場町《しゅくばまち》で使われていたものでしょう。苔《こけ》むした重い石の蓋《ふた》が載っているのですが、子ども二人で何とか動かせる程度です。底が見えないほど深く、石を投げ込むと少ししてから水音がするのです。私たちは、おみねの死体をそこに投げ込みました。私はもう生きた心地がしなくて、その夜熱を出してしまったのですけれど、茉莉ちゃんは平気な顔をしていました。おみねはどこへ行ったのかと問う大人たちに、途中からいなくなった、知らない、とスラスラと答えてみせて、私は心底感心したものでした」

「それで、おみねさんの死体はどうなったんです。見つからなかったのですか」

「ええ。警察が動きましたけれど、元より奔放な娘でしたから、男と駆け落ちでもしたのだろうとすぐに片付けられてしまって、結局死体はそのままですわ。これは後で母親に聞いたことなのですけれど、ちょっと手癖の悪いところのある娘だったので、辞めさせようか迷っていたところだったようです。そんな偶然というか、私たちにとっては幸運が重なって、すぐに誰もがいなくなったおみねのことを忘れていきましたが、私は忘れるわけには参りません。本当に可哀想なことをしました。今そんなことがあったら、自分が罪に問われることはないだろうとわかりますから、あんなこともしないでしょう。あの頃は、隠してしまえば大丈夫と思ってしまうような子どもだったのです」

なるほど、と雅は頷き、紗也子と茉莉子の意外な秘密を頭の中で反芻《はんすう》する。

紗也子は普段から茉莉子の世話を焼き、二人はまるで姉妹のように見えたものだったが、まるで立場が逆になってしまったような、そんな事件があったとは驚きである。茉莉子のおっとりとした姫様然とした言動から、そのような猟奇的な提案が出るとは、夢にも思わぬだろう。紗也子自身、茉莉子にそんなことを言われなければ、考えもつかなかったことだったに違いない。

「それじゃ……紗也子さんは、茉莉子さんが自分を守ってくれたから、特別な想いを抱くようになったのですか」

「そりゃあ、特別にもなりますでしょう。共犯者ですもの。私はやっぱり怖くてその井戸の辺りには行きたくないのですけれど、茉莉ちゃんは平気なのです。あの子はすごいんですわ。私のせいであんな目にあったのに、文句ひとつ言わずに、恩を着せることもなく、私のお友達でいてくれるのです」

「その後、二人の間でその話が出ることは？」

「普段は、ええ、そうですわね。けれどやはり、夏になる度に軽井沢へ行けば、自然と思い出されてしまいます。でも、いつもその話をするのは私の方で、茉莉ちゃんは『そんなこと忘れていたわ』と言うのです。あんな衝撃的なこと、忘れてしまうわけはありませんから、私を気遣っているのですわ」

　いや、それは本当に忘れているのだろう……と雅は思うものの、口にはしない。

「そんな優しさにも触れて、いつの間にか、私はあの子を手放せないと感じるほど大好きになっておりました。元々家族のように愛しいと思っておりましたけれど、より一層、好きになったのです」

「そうですか。秘密を知っていると思えば、少し疎《うと》ましく思いそうなものですが……」

「いいえ、そんなこと、まるで考えもしませんわ。だって、こんな特別な関係は、他にはないでしょう？　間接的とはいえ、人を殺《あや》めてしまった私を、茉莉ちゃんは何の躊躇《ためら》いもなく助けてくれたのですよ。私を救ってくれたのです。あの子は、私にとって神様よりも大事な存在なのですわ」

「それならば、尚更……あなたは茉莉子さんを大切にしなきゃいけないんじゃないですか。どうして、今回のような意地悪をしているんです」

肝心な問題に話題を引き戻すと、紗也子は恬然《てんぜん》として悪びれない。

「何もかも、愛子様が悪いのです。突然やって来たあの子が、私たちの間に割って入れるはずがないのです。許されないことですわ。どんな友人関係よりも深い私とあの子の絆《きずな》に、あんな人が勝てるわけがないじゃありませんか」

「それでは、見守っていればよかったのでは？　茉莉子さんを傷つけるような噂《うわさ》を流し、彼女をあえて孤立などさせずとも、あなたが愛子さんに負けないよう、茉莉子さんとの友情を深めればよかったではありませんか」

「茉莉ちゃんは、自分の魅力をわかっていないのです」

紗也子の細い眦《まなじり》がキリキリとつり上がり、ゆったりとした顔は興奮に紅く染まってゆく。

「正直に申し上げますとね、私がちょっとしたお話をして、茉莉ちゃんの周りから人を遠ざけたのは初めてではないのです。だってそうしないと、あの子は皆から愛されてしまって、私など見向きもしなくなってしまう。あんなに愛らしく、あんなにも素敵な子は他にいません。皆仲よくなりたいと思うはずなのです。でも、私よりも仲よしの子を作るなんて、絶対に我慢できません。想像するだけでどうにかなってしまいそう」

「愛子さんは、あなたにとってとても危険な相手だったということですね。だから、ここまでしなければいけないと思った」

「ええ、その通り。良人さんは話がよくおわかりになるのね。あなたにもそういった方があるのかしら」

「いいえ、特には。ただ、僕はね、そういう歪んだ愛情は嫌いじゃありませんよ。むしろ、美しいとすら感じます」

紗也子がこんなにもねじれた愛情を茉莉子に抱いていたとは知らなかった。菩薩《ぼさつ》のような優しい微笑みを浮かべ、少しぼんやりとしていて、時折突拍子もないことをするような幼なじみをいつも見守っている、鷹揚《おうよう》にして優雅な少女なのだと思っていた。

これまでも今回と似たようなことをやっていたと話した紗也子だが、そんなことが以前にもあったのなら、茉莉子はやはり雅に相談したはずである。しかし、今になってようやくということは、これまでのことは気づいていなかったのだ。本人も、こんな意地悪な仕打ちをされているのは、他の誰にも見なかったと言っていた。

（僕の観察眼も、まだまだですね……茉莉子さんほど近くにいればよくわかるが、紗也子さんには思えばあまり注目していなかった。まさか、こんな異常心理を持つほどの逸材だ

ったとは）

雅は家の関係で城之内家には早くから出入りしていた。春宮家も同様だが、家庭教師として城之内家と親しく接していた学生時代を終えると、その後はすぐに春宮家の裏の家を買って執筆活動を始めたので、春宮家の方と親しくなった。中でも茉莉子がなぜか雅を気に入りしょっちゅう家を訪れて来るようになったので、雅自身彼女に並々ならぬ興味を抱いており、その周囲にも関心を持っていたはずだった。

茉莉子から嫌がらせをされているという話を聞いたとき、すぐに紗也子が犯人だと気づいたけれど、どうしてそういう答えが出たのかは、今思えば、女学校にいる茉莉子の側には常に紗也子の影があると感じていたからではないか。幼い頃から仲よしの、特別な友人——そういった印象の他にも、無意識下で何かが気にかかっていたのかもしれない。

「けれど、茉莉子さんはあなたに同じくらいの執着は持ちませんよ。彼女は、自分が興味のあるものにしか、心を動かさない。ずっと側にいたあなたなら少しは気づいているでしょうが、茉莉子さんには共感という能力がほぼないのです。愛されているということを感じることはできても、それに共感、共鳴することはない。彼女自身が、愛しいと思わなければ、意味がないのです」

紗也子はハッとしたように硬直し、人形を抱きしめた。次第に、不安げな表情がその顔を覆い、卑屈な目で雅を見上げる。

「あなたがそれでも今やっているようなことを続けていれば、さすがに茉莉子さんも気づきます。そして、あなたから離れてゆくでしょう。何の躊躇いもなく」

「そんなはずありませんわ……大体、あなたはあの子に共感という能力がないと言ったけれど、あの子と私はいつも話していれば同じところで笑うし、怒るし、同情するのです。確かに昔はちょっとそんなところがあったかもしれないけれど、今では少し変わった性格であるだけで、普通の娘と変わりません。そんな、まるで心が欠けたように言うのはよしてほしいわ」

「だから、それは学習したのですよ。きっと、大方のお手本はあなたでしょう」

「お手本……？」

紗也子は怪訝《けげん》な顔で小首を傾《かし》げる。そう、一般的な人間であれば理解できないだろう。人は生まれながらにして感情を持っており、それを誰かをお手本にして学習するなどということは奇妙に聞こえるはずだ。

「茉莉子さんは聡い娘さんですから、早い段階で自分が他の人と同じように感情を動かすことができないのを知っていたでしょう。だから、どこでどう反応することが正しいのか、どう言葉を紡《つむ》ぐのが普通であるのか、周りを見て学んでいったのです。でも、恋愛やそれに似た情動というものは、同じように学習できる類のものではありません。だから、僕は言ったのです。あなたがいくら茉莉子さんを愛しいと思い、どんなに執着してみても、それは彼女にとってどうでもいいこと。茉莉子さんはあなたがたとえ目の前で私だけを好きでいて、私だけを見てと涙ながらに訴えても、理解することはないでしょう。よしんば口でわかったなどと言っても、彼女の心は少しも動いてはいないのです」

「どうして……どうして、そんなことが言えるのですか」

紗也子は厚みのある丸い肩を震わせながら、唇を歪ませる。

「私の方が、あの子のことは理解しています。あなたなんて、それに比べたらほんの少ししか一緒にいないくせに、どうしてあの子の心の動きまでわかるのです」

「それは、僕が彼女と似ているからですよ」

その可能性に気づいたのはいつのことだっただろうか。雅がそう感じ、恐らく茉莉子自身も同じ思いを抱いているはずである。

「同類というのは、少しの時間を過ごしただけで理解し合えるものです。だから、茉莉子さんもしょっちゅう僕の家に通って来ている。本当は、華族令嬢が一人で男の家を訪ねるなど、有り得ないことです。僕が家族ぐるみの付き合いをしていたからでしょうけれど、それでもやはり許されないはず。それが通っているのは、茉莉子さんが強く希望しているからでしょう。あの家は大体娘たちの自由意志に任せていますからね。長女の桜子さんなど、作品を『心の花』やかの『青鞜《せいとう》』の後継と言われる『ビアトリス』などに発表しているほどですから、女性が強い家なのかもしれません」

「良人さん、あなた、茉莉ちゃんが好きなのですか」

紗也子は口の端に泡をためて戦慄《わなな》いている。これまで考えもしなかった可能性に気づき、逆上しかけている。

「あの子とまさか恋仲なんじゃないでしょうね。そんなに家に出入りしているだなんて」

「違いますよ、残念ながら。僕たちはお互いに興味を持ち研究しあっている、いわば研究者と観察対象なのです。どちらにとってもね」

「そんなこと、信じられるものですか」

「あなたは、ずっと茉莉子さんと一緒にいるのでしょう？　それで、彼女が変わったと感じましたか？　恋をしていると？」

そう問いかけると、紗也子は微妙な表情になる。わかるわけがない。そう、茉莉子は恋などしていないのだ。ただ、雅を面白がって遊んでいる。よしんばそんな感情を抱いたとしても、まだ彼女自身そのきざしに気づきはしないだろう。共感性の欠けている彼女は、恐らく他人を愛することが難しい。一方的な執着は抱けても、恋する感情を持つことはかなり困難なはずだった。

（さて……そろそろお暇《いとま》するとしますか）

あまり長い間こんなところにいるのもおかしいだろう。夜会の夜男女二人が消えてしまうなどと、よからぬ噂を立てられかねない。

「紗也子さん、その人形、おひとついただけませんか」

「どうしてです」

「人質ですよ。僕は今日伺ったことを誰にも話しませんし、この人形を誰に貰《もら》ったか茉莉子さんにも言いません。あなたが彼女へのおかしな行動をやめてくれたらね」

紗也子は押し黙り、恨みがましい目つきで雅をじっとりと見つめた。

雅は一向平気な様子で棚の中から曙《あけぼの》色の着物を着た人形を取り出すと、颯爽と部屋を後にしたのだった。

＊＊＊

夏がやって来る度にどこか不愉快な心地が生じ、体が鉛《なまり》のように重くなるような気がするのは、やはり軽井沢のあの暗黒の記憶があるからなのでしょうか。

加えてここ最近、からりと晴れた雲ひとつない青空に眩い太陽の昇る朝は、S子《こ》は胸の奥がどんよりと澱《よど》むような、腐った下水の臭いを嗅《か》ぐような不快感を覚えます。なぜならその高く吹き抜けるような快活な光景は、あの同級生を思い起こさせるからです。

「おはよう！」

この学校では皆が挨拶《あいさつ》をするとき「ごきげんよう」と言うのが暗黙の了解であるのに、

その女学生は途中からこの学校に転入したためこの文化を知らず、平気な顔で「おはよう」などと恥ずかしげもなく口にいたします。そうして、周りが「ごきげんよう」と返しても、いつまでも気づかずに一人で毎朝「おはよう」と言っているのです。

S子は初めて見たときからこのA子《こ》という少女が大嫌いでした。ひとつには彼女が自分と同じ身分の人間ではないからです。別段、平民を嫌っているわけではないのですが、そういった種類の生徒たちはこの学校には数少なく、彼女たちはそれを意識してか、どこか遠慮がちであるように思われます。けれどA子にはそんな素振りは少しもありません。彼女はいつも堂々としていて、その高い背丈を誇るように常に胸を張り、ハキハキとした伸びやかな声で夏の青空のような清爽たる笑顔を輝かせ、周りの生徒たちから大層好かれているのです。

そして何よりもS子がA子を気に入らないのは、幼なじみであるM子《こ》にやたらと馴《な》れ馴《な》れしく話しかけているところでした。

M子はふしぎな魅力を持った美しい少女です。オットリとして大人しく、喋る声も柔らかな春風のごとく甘く穏やかで、その容姿は繊細な雪の精とでもいいましょうか、眩いほどに白い肌と栗色の髪、蜂蜜《はちみつ》色の瞳と異人の末裔《まつえい》とも見まごう色彩を持ち、目も覚めるほどに可憐《かれん》で愛らしい、まさしく華族令嬢という言葉をそのまま形にしたような娘なのです。

それでいて喋ることは少し変わっていて、時折こちらがビックリするような大胆な感想や考えもしなかった言葉を口にするので、可愛らしい容貌と相まってとても面白いと皆に好かれ、M子自身は自分が好かれているとも気づかずに誰にでも平等に微笑みかけ、S子をヤキモキさせるほど無防備なのでした。

そんなM子に、A子が盛んに話しかけるようになったのはいつ頃からでしょうか。気づけば、M子の隣にはA子の姿を見るようになりました。ボンヤリとしているM子をさり気なく道端に転がる石から迂回《うかい》させたり、頭上に茂る枝を避けてやったりと、まことに甲斐《かい》甲斐《がい》しく、まるで母親のようです。そうして、並んでいる二人はとても睦《むつ》まじく見え、その背丈の差もあって時には初々《ういうい》しい夫婦のようにも見えるのです。

「何よ、あんな人！」

自室へ入るとS子は学校では決して上げぬような荒々しい声で叫び、鞄《かばん》を寝台へ投げ捨て、髪を振り乱し手当たり次第に物を掴んで投げました。

「あんな卑しい人！　チョット皆に好かれているからってイイ気になって！　鼻持ちならない平民風情が！　嫌い、嫌い！　大嫌い！」

どうしてあのような野蛮で下賤な娘と、高貴で美しいM子が並び立っているのでしょうか。M子の隣にいるのはS子でなくてはならないはずなのです。親密な優しさに満ちあふれ、いつでも二人で寄り添い、無邪気に絡まり合い、麗《うら》らかに慈《いつく》しみ合い、他にこれ以上合うはずのない蛤《はまぐり》の貝殻《かいがら》のようにピタリと隣り合って生きてきたというのに、なぜあのような不愉快な娘に奪われなければならないのでしょう。

　嵐のような興奮に頭がクラクラとして、S子は救いを求めるように隠し部屋にある愛しい人形に手を伸ばします。そこには大切な親友のM子に似せて造らせた様々な格好をした精巧な人形たちが所狭しと並んでいるのです。S子はその中の一体を胸に抱き、異様な声を上げて咽《むせ》び泣いています。

　よほど繊細に造られた人形だったのでしょう、気づけば人形は腕の中で哀れにも潰れておりました。慌てて直そうとしますが、ひしゃげた頭や半ば取れかけた手足は無残な有様で、到底元通りになりそうにありません。

　S子は大好きなM子の人形を壊してしまったことが悲しく、ますます激しく嗚咽《おえつ》をこぼしながら、衝動のままにムシャリと人形の頭を口に含みました。舌に栗色の髪の毛が絡まると、ふしぎと甘いような愛おしい味がいたします。雪白の肌を舐めますと人形の胡粉《ごふん》の味ではなく、まるで本当のM子の肌を味わっているような豊かな陶酔《とうすい》の味がいたします。

　S子はいつしか無我夢中で人形の全身を味わっておりました。頭を頬張り、手足をしゃぶり、着物を噛《か》み締め、裸の胴体を舐め回しました。あまりに美味しくて、楽しくて止《や》められず、こんなにも甘美な愉悦があることに気づいてしまったら他の人形にも手を出してしまうと思いましたが、ナァニ、構いません、だって人形は山ほどあるのです。足りなくなればまた人形師に造らせればよいのです。

S子はその思いつきに有頂天《うちょうてん》になり、白昼の幻を見るような陶然とした目つきで、いつまでもいつまでも、アハアハと笑いながら、壊れたM子の人形を口に含んでおりました……。

夏の幻影

夜会から数日後、雅は思わぬ人物の来襲に疲れ果て、書斎の床に虎《とら》の毛皮のように平たくなって転がっていた。

その客人は来訪早々に見合い写真をうず高く黒檀の円卓の上に積み上げ、

「さあ、今この場で、気に入りの方を選んでください。そうでなければ、僕は帰りません」

と宣言し、雅を脅迫していたのである。

彼の名は雨森礼人《あやひと》といい、ふたつ下の雅の実の弟であった。

とうに雨森家の跡継ぎはこの弟に、と譲ってあるにもかかわらず、「僕などは兄さんに到底及ばない」と頑張って、未だに兄を家に連れ戻そうとしている頑固者だ。

母親似の雅とはまったく似ていない父親似の礼人は、その性分は父と母を足して二倍にしたような男で、要するにしつこく縁談を勧めてくる両親以上に、それを上回る勢いで雅に結婚を強制してくる。その理由は、「兄さんが結婚してくれなければ僕ができない」という、意固地なまでの儒教《じゅきょう》じみた精神であり、弟の自分が兄よりも先に妻《めと》を娶ることはできないと、すでにほぼ決まっている婚約者を待ちに待たせて、兄の結婚を推し進めようとしているという、雅にとってははた迷惑というよりも、更に大きな威力を持った自然災害に近いほどの、恐るべき相手であった。

自分は当分結婚するつもりはないのだから、どうかお前の方が先に結婚してくれろと言葉を尽くして頼み込んでも、礼人は首を縦に振らない。薩摩《さつま》の出である祖父の血が色濃く出たその暑苦しいほどに男らしい顔立ちは、力強く濃い眉にくっきりとした二皮瞼《ふたかわめ》、太い鼻筋に広い小鼻、大きく横に張った顎《あご》と、どれもがその意志の強さを表すような部品で組み立てられており、どうにもその圧の強い性格との相乗効果で、相対しているだけで雅を疲弊《ひへい》させる。

のらりくらりとかわしながら、次こそは返事をするからと何とか説得に成功し、弟の帰って行った後も、雅のすり減らされた気力は復活できずにいる。

「困った……ああ、本当に困った……」

腹ばいになったままそう呻きながら、どうしてこの世間は、こうも独り身には辛く当たるのかと、世の中全体を恨みたい気持ちになってくる。李賀のこの世を恨むあまりに幻想世界に半身を漬け込んだようなあの作風も、身をもって理解できるというもの。

すべての常識、決まりごと、何もかもが面倒だった。いっそこんな東京など捨ててしまって、どこか田舎にでも引っ込んで細々と暮らしていれば、弟も諦めてくれるのだろうか。

いや、そんな甘い夢は抱くまい。あいつは地の果てでも見合い写真を抱えて追いかけてくるはずだ。それは兄の自分がいちばんよく知っている。

「裏《うら》先生、よろしいですか」

あまりの疲労に半分意識を失いかけていた雅に、女中の兼子がいつも通りの無感情な声で呼びかける。

「春宮様の茉莉子様がいらっしゃいましたよ」

その名を聞いて、ようやく雅は復活した。

通してください、と言いながら慌てて立ち上がり、着物を整え、今度は寝癖などが見つからぬよう、髪にも手ぐしを入れて乱れを正す。

しばらくすると、軽い足音がトントンと聞こえて、今日も眩い白さの茉莉子が顔を出す。今日の着物は白藍《しらあい》の絞りに藤色の帯と、茉莉子の白肌に溶け込むような淡い色彩で、書斎全体がぱっと明るくなったような風情だ。心なしか、頬も薄紅色に染まり瞳も輝き、今日はより一層みずみずしい美しさにあふれている。

「ごきげんよう、雅兄様」

「ああ、こんにちは。よく来てくれましたね」

「あら、もしかして、また寝ていらしたのかしら」

「ど、どうしてです」

「だって、頬に絨毯の跡のようなものが」

雅は思わずしまったと呟《つぶや》いて頬を撫でた。これはもう時間経過に頼る他ないどうしようもない痕跡《こんせき》である。なるべくこの少女にだらしのないところは見せたくないのだが、あの台風のような男の来訪の後では仕方あるまい。

「いや、実は先ほどまで弟が来ていたのです」

「まあ、そうだったのですか」

「それで疲れてしまいましてね……でも、もう大丈夫ですよ」

「何だか最近、間の悪いときばかりお邪魔してしまって、申し訳ありませんわ」

「いえいえ、よいのです。それよりも、僕は茉莉子さんのことが気にかかっていたんですからね。来ていただいて嬉しいですよ」

「私のこと、ですか」

「ええ、ほら、先日相談に来ていた、学校のことです」

言われてようやく思い出したように、ああ、と茉莉子はぽんと手を叩《たた》き、嬉しそうに微笑する。

「雅兄様の仰る通りでしたわ。何だかいつの間にか元通りになっていて、皆様普通に接してくださるようになりましたの」

「ほう、そうですか。それはよかった」

「あれは、何だったのでしょうね。あんまりもう普通に戻ってしまったものですから、私も今雅兄様に訊ねられるまで、すっかり忘れてしまっていました」

「それでは、もう理不尽な意地悪はされていないのですね」

「ええ、もちろん。もしかすると、私がぼんやりしていて気づいていないだけかもしれませんけれど、何もありませんわ」

「愛子さんや、紗也子さんも、これまで通りでしょうか？」

その名前を聞くと、茉莉子は少し考えるように、人差し指を唇にあてる。

「愛子様は、お変わりありませんわ。いつものように、私によくしてくださいます。でも、紗也子様が、少し……」

「どうしたのです。元気がありませんか」

「ええ、そうですわね。何だかここのところ、俯《うつむ》くことが多くなってしまったような気がいたします。どうしたの、と訊ねても、何でもないと返されるだけですから、理由はわからないのですけれど……」

さすがの紗也子も落ち込んでいるようだ。さもありなん。きっとあのときは精神が興奮している状態で、喋らなくてもよいことを喋ってしまった上に、茉莉子という少女の心を未だ理解しきれていなかったことに懊悩《おうのう》しているのに違いない。

しかしそれは紗也子でなくとも知り得なかったことであって、仕方がない。人の心は正確には己にしかわからないのだ。人は成長するにつれて社会性と常識を身につけ、素のままの心はその学習によって覆い隠され、滅多なことでは露出しない。それを感じ取るには、同じ要素を持ち合わせている人間か、はたまた超常能力を持ち思考を読み取れるような異能者でもない限りは困難を極める。

兼子が緑茶と和菓子を持ってきて、例によって春宮家からの手土産を引き取って部屋を辞した後、茉莉子はようやく戸棚の上に置かれたかの人形に気がついた。

「あら、可愛いお人形」

「そうでしょう。先日知り合いからいただいたので、こうして飾っているのです」

「雅兄様が人形だなんて、何だかおかしいわ」

「そうですか？　僕も人形は好きですよ。何せ、人間のように余計な口をきかないし、結婚しろと説教も垂れない。何より、いつまでも老いませんからね。李賀も美女や美少年が老いてその美を失うという詩をわざわざ詠《うた》って若干興ざめの感はありますが、まあときの流れの残酷さに影響されないという点では、人形は素晴らしいと思います」

「何だか、雅兄様のお話を聞いていると、その李賀という人は悲観的な詩ばかりですのね……」

「ええ、そうですよ。彼の詩は絶望に満ちています。そこが面白いのです」

ときには大らかで美しいばかりの詩もあるものの、彼の作品はその大半が不幸を想起させるような陰鬱《いんうつ》なものである。雅は時折茉莉子を心中で『真珠姫』と呼んでいるが、その真珠という名の美女も、李賀の詩の中では帰って来ない情人を怨《うら》んで酒を飲んでいるような、その美しい名とは相反するような哀れな女となっているのだ。

「ところでこの人形、茉莉子さんに似ていると思いませんか」

「まあ、私に？　そうかしら……」

茉莉子は首を傾げてその情念のこもった人形を涼し気な眼差しで眺めている。

「何だかこの子、寂しそうなお顔をしていますわね」

「おや、そう思いますか」

「こう、色がぼんやりとしているせいかしら……あら、それじゃ、私と同じですわね。どちらもぼんやりですわ」

茉莉子はコロコロと笑いながら、その人形を眺めている。まさか、それが自分を模したもので、根深い執念のこもった人形であるなどとは微塵《みじん》も気づいていないだろう。

（それにしても……紗也子さんの話には驚いた。わかってはいたが、本当にこの子は『特別』なのだな）

子どもという生き物は獣だ。愛を貪《むさぼ》り、思うままに生きる、エゴイズムに満ちた動物。子どもは容易に生き物を殺す。蟻《あり》や蝶《ちょう》、蛞蝓《なめくじ》や蟷螂《かまきり》など、幼い頃一度もそれらを弄《もてあそ》んだことのない人間は少ないだろう。自分よりも遥かに小さく言葉も発さない生き物たちを、同じ生命あるものなのだと認識していないために、ものを壊すように虫を殺すのだ。

成長と学習によって感情や感覚が発達し、相手を可哀想と思ったり慈しみの心を持つことで、虐殺《ぎゃくさつ》の遊戯《ゆうぎ》は止まる。同じ人間相手でも、こうしたら痛いだろう苦しいだろう、悲しいだろう怖いだろう、という共感が育つことによっておいそれと攻撃はしなくなる。この共感の感覚は女性の方が男性よりも強いように感じるのは、恐らく赤子を産み育てる過程で、母親が言葉を発せぬ赤子のちょっとした変化も見逃さぬよう、その差が生まれたのではと雅は考える。

しかし、この共感というものが欠如していれば、どうなるのか。相手の痛みがわからず、苦しみも理解できず、必然的に残虐な人格ができ上がることだろう。

この春宮茉莉子という娘は、そういった人間なのである。幸い聡明さも持ち合わせているので、周りの人間に合わせてある程度は普通を装うことに成功している。

彼女は怪物なのだ。人間に紛れて生きる、悲しき異形の生き物。

それがわかりやすく表れていたのが、紗也子の語った軽井沢での事件なのだろう。

感情がないわけではない。面白いと思えば笑うし、怒りを感じれば頬は紅潮し、怖いと思えば鳥肌が立ち、悲しいときには涙も出る。けれど、それは彼女だけのものである。他人の感情に共感し、自分の心が動くことはない。

雅は茉莉子を見ていると、自分を見ているように思う。二人は似通った人間なので、互いに共感することができる、数少ない対象なのだ。

「ところで、どうして弟さんがいらしていて、そんなにお疲れになったのです？」

「ああ……まあ、何というか、例によって縁談です」

「そんなに結婚が嫌なのですか」

「興味がないのです。僕がしたいと思ったときにすればよいではないですか。周りに強制されることが嫌なのです」

「それはもちろん、わかりますけれど」

「そういえば、茉莉子さんの幼なじみの紗也子さん、学校を卒業したらすぐにご結婚されるそうですね」

　このくらいは話しても構わないだろう。最初にこのことを耳にしたのは兄の口からなのだし、秘密でも何でもない。

　茉莉子もそれは知っていたらしく、神妙な顔で頷いている。

「ええ、そうなんです。そういう方も少なくありませんから驚くことではありませんけれど、何だか早いように感じてしまいますわ」

「茉莉子さんはそういったご予定はないのですか？」

「さあ……縁談は時折いただきますけれど、私よくわからなくって。お写真を拝見して、その方の肩書きなぞもお聞きして、どうかと訊《き》かれて正直に何も感じないと申しますと、そのお話はなくなっております」

「ほう……では今のところ、茉莉子さんの意思に委ねられているのですね」

「ええ、恐らくは。結婚は私も興味がありませんから、お父様がしろと仰ればいたしますし、しなくてもよいと仰るのなら、いたしません」

「まあ、そんなものでしょうね。結局、結婚というものは社会の仕組みであって、特にあなたのような令嬢は自らの希望でするものではないのですから」

茉莉子はこっくりと頷いたきり、どこか遠くを眺めるような目をしてぼうっとしていた。何か考えに没頭しているらしいと見当がついたが、これ以上結婚だ何だと語り合うのも退屈である。

こんなつまらない話はやめましょう、と言って、雅が別のことに話題を移そうとすると、ふいに茉莉子が口を開いた。

「ねえ、雅兄様。人を愛するってどういうことかおわかりになる？」

「これはまた……哲学的な質問ですね」

「私、わかりませんの。恐らく、これから先も、理解できることはないと思います。あのお人形を見て、何となくそんな風に感じましたの」

茉莉子は戸棚の上の人形に目をやって、どこか悲しげな顔をしている。

「あのお人形のお顔は寂しそう、と私申しましたでしょ。それはお人形が、何も感じることができないからですわ。ずっと小さく微笑んだままの表情で、他の表情にはなれないのですもの。私も同じです。いつだって、幾人ものお友達に囲まれていても、一人なのです。皆様が自然と理解する心を、私は永遠に知り得ないのですわ」

「それでも、いいじゃありませんか。あなたはあなたなのですから」

雅には茉莉子の言うことが理解できる。彼女もそれをわかっているから、こうして本心を吐露《とろ》できるのだろう。

「雅兄様は、それを寂しいとはお思いにならないの」

「思いませんよ。所詮《しょせん》、人々が覚える共感というやつは、まがい物なのです。あれだって、他人の心に寄り添っているようには見えますが、結局は自分の物差しで測ったものでしかない。他人の心を一から十まで知ることなんて、誰にもできやしませんよ。こうに違いない、ああに違いないと想像しているに過ぎないのですから、つまるところ、人は皆一人なのです。我々は自分の心の牢獄《ろうごく》の中で生きてゆくしかないのですよ」

紗也子は激しい執着で茉莉子を愛していたが、それも彼女の中の茉莉子なのであって、本人そのものではない。現に、彼女は茉莉子が本当はどういう人間であるのか、正確に理解はしていなかった。あれほどに強い想いを抱いていながら、それは己の中で思い描いていた、いもしない少女に愛情を傾けていただけなのだ。

「愛することだって同じです。相手を自分の中の幻想と重ねているだけです。それが後で違っていたと知れば、勝手に失望し、幻滅する。こんなにはた迷惑な話はありません。だから僕は、結婚も面倒だし、恋人を作るのも大儀なのです」

雅が力を込めて熱弁すると、茉莉子は感心したように頷いている。

「やっぱり雅兄様はすごいわ。そんな風に考えたこともありませんでしたわ」

「そりゃ、歳が一回り違いますからね。あなたはまだ子どもですから、僕の方が色々と考えることが多いのも当たり前です」

「また、そんな風に仰って」

茉莉子はむっとしてふくれっ面になる。その顔が子どもだというのに、本人はわかっていないのだろう。そのことが少しおかしく、無性に可愛らしい。

「だって実際僕からすれば君は子どもなのです。お友達にだって、恋だの愛だのを経験した方はほとんどいないでしょう？」

「いいえ、そういえば、愛子様が仰っていましたわ。紗也子様は愛を知っていらっしゃる、って」

「ほう……それは、どういう意味なのでしょう」

「わかりませんけれど、人を一途《いちず》に思う心があると仰っていましたわ。今紗也子様に恋人があるなんて話は聞きませんし、婚約者の方のことかしら。でも、紗也子様はろくに会ったこともないと仰っていたから、ふしぎですわね」

「なるほど……それは、意味深長ですね」

どうやら、愛子は紗也子のしていた行為を知っていたようだ。恐らく、紗也子が茉莉子のよくない噂を吹聴するのを見て、直感したのだろう。もしくは、茉莉子の教科書に落書きをしたり、鉛筆を折るところを目撃したのかもしれない。

知っていながら、咎《とが》めなかった。もしかすると、このまま紗也子が暴走を続けていれば、その先で罠《わな》を張ってひっくり返してやる心づもりでもあったのだろうか。

(これはこれは、なかなか一筋縄ではいかないお嬢さんだったようですね)

茉莉子をめぐる少女たちの争いはかなり苛烈《かれつ》であったようだ。今のところ、愛子に軍配が上がっている。何しろ、紗也子は嫉妬のあまり、とても稚拙《ちせつ》な作戦に出てしまったのだから、これでは鋭い洞察力を持ち合わせていた愛子には敵《かな》わなかっただろう。

「茉莉子さんは、紗也子さんをどう思っているんです？」

「え？　どうって……お友達ですわ。昔からの」

「特別な存在ですか？」

「いつも一緒にいてくださる方です。色々とよくしてくださるし、以前も申しましたけれど、家族のような方ですわ」

紗也子が神様よりも大事などと言ってあれほど特別に思っているのに、こちらにとっては幼なじみの域を出ないようである。一緒に特殊な経験をしたからといって、それは茉莉子の中でさほど鮮烈な記憶ではなかったらしい。

(そう、この子に特別な想いをかけたとしても返ってはこない。気の毒だが、まあ仕方のないことだ)

思い詰めた果てに失意の底に落ちた紗也子が少々心配だが、彼女が行き過ぎた行動をとったための自業自得なので、なけなしの同情も失せる。

茉莉子に直接軽井沢でのことを訊ねてみたかったが、紗也子との約束を破るわけにもゆかず、雅は遠回しに避暑地でのことを問うた。

「毎年、夏は一緒に軽井沢へ行っているという話ですね」

「ええ。互いの家の別荘が近くにあるんですの。初めうちは箱根《はこね》に別荘があったんですけれど、紗也子様の旧軽井沢の別荘近くに親戚の方のお屋敷があって、そこを売りに出されたということで、とてもよい物件だというのでうちで購入したんですの」

「なるほど。それでは、毎年紗也子さんと一緒に遊んでいたのですか」

「ええ、そうですわね。同い年ですし、気心も知れておりますし。まあ、特別なことをするわけじゃないのですけれど。紗也子様は活発ですから、テニスをしたり馬に乗ったりしていましたけれど、私は全然だから、日陰《ひかげ》で見ているばっかりで」

「楽しそうじゃありませんか。今までで何か印象に残っていることはありますか」

ついでにかまをかけてみるが、これであの話を出すわけはない。動揺らしきものでも見られたら、と思っていたが、茉莉子は意外なことを喋り始める。

「印象に残っていること……ああ、ありますわ。軽井沢には外国の方も多く滞在しているのですけれど……同い年くらいの子どももおります。そういう子らと少し遊んだことがございましたの」

「ああ。あそこは、元々外国人が最初に別荘地として開発を始めたのでしたね」

「ええ、そうなんです。宣教師の方も多くいらして。そのご家族やご友人も。彼らは同じ国の人たちとしか普通は交流しないのですが、珍しく別荘に来ている日本人と交わる人もおりました。それで、私たちは満足に英語が喋れませんけれど、それでも子ども同士で何とかなるものですわね。楽しく遊んでおりました。そうするうちに、その、なんと言いますか」

　茉莉子の顔が、ふいに赤くなり、そして次第に色をなくす。

「あちらの方々は早熟で。私たちが隠れん坊をしていましたら、建物の陰に一緒に隠れていたマイケルという男の子が、私を抱き締めて、頬に接吻《せっぷん》をしたんですの。私、とても驚いて」

「おやおや、それは……」

「しかも、それを買い出しに出ていた女中に見られていましたの。紗也子様の家の女中でした。あの方、ちょっとだらしがないので私は好きではなかったのです。その方が、マイケルの腕を振りほどいて逃げ出した私に、何を勘違いしたのか、皆様には内緒にしますから、などとしたり顔でニヤニヤと笑いながら囁《ささや》いて……本当に嫌なことでした。ええ、それがいちばん印象に残っていますわ」

その女中の名は、おみねというのではなかったか。

そんな言葉がもう少しで口をついて出そうになったが、すんでのところで呑《の》み込んだ。

(取り乱した友人に『隠しちゃおう』と言ったのは、何も彼女のためだけではなかったのかもしれない)

紗也子は、女中が死んだのを確認したのは茉莉子だったと言っていた。恐怖にすくみ上がっていた紗也子は、井戸にその体を運ぶときですら、満足にその顔は見られなかっただろう。

それが、もしも死んでいなかったとしたら。

ただ気絶していたのを、井戸に放り込んだのだとしたら。

「雅兄様？　どうなさったの」

気づけば考え込んでいた雅の顔を、ふしぎそうに茉莉子が覗き込んでいる。

無垢《むく》な少女の顔である。残酷なことなど何も知らないというような、虫も殺せぬ愛くるしい十五の娘である。

潔癖《けっぺき》な少女が恥ずかしい場面を誰かに見られたとき、その人の記憶を消してしまいたいと思うだろう。けれど、実際にはそんなことはできないのだ。その人物そのものを消してしまわぬ限りは。

「雅兄様、呆《あき》れていらっしゃる？　本当に恥ずかしい。私、あのときはもうお嫁に行けないと思いましたわ」

「まさか、そんな。ずっと子どもの時分の話でしょう……。大丈夫、どこへ出しても恥ずかしくない令嬢ですよ、茉莉子さんは」

「いざとなったら、雅兄様が私を貰ってくださる？」

「おや、どうしたのですか、突然」

無邪気な問いかけに、雅は笑った。茉莉子は存外、真面目な顔をしている。

「別に愛さなくてもよいのです。そんなもの、私もわかりませんもの。ただ、このお人形のように、側に置いていてくれるだけでよいのです」

「人形ですか」

紗也子から奪うように拝借してきた人形は、穏やかな微笑を浮かべてこちらを見つめている。彼女の愛執《あいしゅう》を夜毎《よごと》受けたためか、その表情はどこか真に迫って、今にも瞬きをしそうなほどに生々しい。

「茉莉子さんは人形にしておくには惜しいお嬢さんですよ。言っているでしょう、僕にとってあなたはとても面白い人なのです」

「じゃあ、面白いお人形でよろしいですわ」

「随分、人形がお気に入りなのですね。あれを気に入っているのですか」

雅は立ち上がって歩み寄り、人形を抱き上げる。

「差し上げましょうか。独り身の男の部屋には、些《いささ》か似合わないものですからね」

「あら……でも、それをくださった方に悪いじゃありませんか」

「大丈夫です。その人は同じような人形をいくつも持っていますから、くださいと頼めばまたいただけるでしょうし」

茉莉子は首を傾げて人形を見ていたが、それなら、と頷いた。

茉莉子を恋して造らせた人形が、雅の手を介して本人に渡されていると知ったら、主はどう思うだろうか。そんなことに思いを馳せながら、愉悦を覚える。ただ面白そうだと思ったら行動に出てしまうこの悪癖はどうしようもないが、何も知らぬ茉莉子には少々気の毒かもしれない。また、誰かを模した人形がその本人の許《もと》へ流れ着くのは、あるべき場所へ還《かえ》るようにも思われる。

その手に抱かせてやろうとそちらへ近寄ると、ふいに、ぼんやりと雅を見上げた茉莉子が、唾を飲んで椅子の上で身じろぎをした。

「雅兄様、あまり私に近寄ってはいけないわ」

「おや、どうしてです」

「食べてしまうから」

え？　と返した直後、目の前に白い袂《たもと》が翻《ひるがえ》る。

まるで、真っ白な蝶が一斉に舞ったような眩さを覚えて、雅は束の間、立ち尽くした。

それは、陰湿な蒼《あお》い室内から戸を開けて高い空の下へ出たときの、あの一瞬の目眩《めまい》に似ている。その白い輝きに目が慣れるまでに、数秒かかるあの感覚。

雅の脳裏に、夏の軽井沢の、白木綿の夏服の裾《すそ》を翻した少女と、古井戸に投げ込まれる刹那《せつな》に目覚めた女中の歪んだ顔の幻想が、盛夏の白金の陽光の降り注ぐように瞬いた。

誰が殺したのか。誰が企《たくら》んだのか。

気づけば、茉莉子は書斎から去っている。雅の手から、人形は消えている。

「また遊びに参りますわ。ごきげんよう」

遠くから茉莉子の声が聞こえた。まるで狐《きつね》にでもつままれたような心地になって、雅は首を傾げた。

今の幻はなんだったのか。白昼夢《はくちゆうむ》というものは初めて見たが、こんなにも生々しい映像がよぎるものなのか。

真実がどうであろうと、雅には何の差し支えもない。かの真珠姫は美しく興味深く、そして謎に満ちている。それで十分なのだ。

（僕は次第に、本当に李賀に近づいているのかもしれないな……）

現実と幻想の間を行き来した、濃厚華麗な作品を残し若くして死んでいった鬼才。その生い立ち、そして気性から世の中へ怨恨《えんこん》を募らせていった早熟な天才。

しかし、雅はまだ何も後世に残るものを残してはいない。今逝《い》くことはできない。どれだけあちらの世界に憧れていようとも。

ふいに、庭先から吹く北風が書斎の中をすり抜ける。雅はぶるりと震えて、袷《あわせ》の前を掻《か》き寄せた。

冬の匂いが静かに漂い、夕暮れの気配が仄《ほの》かに紅く、足元に忍び寄った。

珠代

TAMAYO

一

まあ先生、暑い中わざわざこのようなところまでいらしてくださって、本当にありがとうございます。

しばらくお迷いになっていたのですって？　ええ、そうでしょうとも、門から入って更に門があって、広い庭を隔てて中にはまたいくつもの建物があるのですものねえ。

お知らせいただけていたら、私が表までお迎えに参りましたのに……。

え、そのお陰《かげ》で、立派なお庭がゆっくりと見物できた、ですって。ふふ、先生は本当にお優しい。私のようなつまらない生徒のためにわざわざこうして来てくださるだけでも、申し訳ないくらいですのに……。

まあ、お土産までくださるのですか？　あら、これ赤坂青野《あかさかあおの》の大福じゃございませんか。わあ、嬉《うれ》しい。私お菓子に目がなくって、こちらと虎屋《とらや》の夜の梅が大好きですの。それじゃ、一緒にいただきましょ、先生。今熱い緑茶を淹《い》れますわ。

その間に、さあ、まずは冷たい飲み物でも召し上がって。これ、先月出ましたカルピスですの。先生はお好き？　よかった、私も好きなんです。なんというか、ふしぎな甘い味がしますわね。どうぞ、どうぞ遠慮なく召し上がって……。

それにしても、この家にはびっくりなさいましたでしょう。有名な話でしょうから、きっとお耳に入られたこともあるとは思いますけれど……、え、そうですわね、ここの広さは一万坪ほどありますかしら。河川敷を埋め立てて作ったと聞いております。

向島《むこうじま》のこの敷地の中にあるそれぞれの邸宅には、妾《めかけ》とその子どもたちが住んでおりますの。中門の正面にありましたいちばん大きなお屋敷が、母屋《おもや》ですわ。父とみつ子《こ》さまの……ええ、その、正妻の方の住処《すみか》ですの。その他に、五人の妾と私を含め五人の子どもがそれぞれの屋敷に住んでおります。他にも、日本橋《にほんばし》や麴町《こうじまち》に他の女を囲う家が数え切れないほどありますわ……。

ねえ、先生。小夜子《さよこ》は馬鹿《ばか》で子どもですからわからないのですけれど、どうして男の人はたくさんの女の人を欲しがるのでしょうか。私の四人の兄たちも、やはり父のように女の人を追いかけ回してばかりで、あの人たちの噂《うわさ》を外で聞く度に、もう恥ずかしいやら、情けないやら、悲しいやらで、このお屋敷に帰りたくないと思ったことは、一度や二度じゃございません……。

まあ、ごめんなさい、私ったら、無駄なお喋《しゃべ》りばかりして。せっかく先生がいらしてくだすったというのに。

今、お茶を淹れますわね。先生は濃い方がお好き？　ええ、そうですわよね。甘いお菓子には少し苦みがあるくらいの方が合いますものね。

あのう、先生は、私がどうして学校に来なくなったのかを訊ねにいらしたのでしょう？　私を、心配してくださすって……。

いいえ、縁談ではございませんの。そりゃあ、小夜子も十五ですから、そろそろそんな話もふうわりと出て参りましたけれど、父は、まだ早いと保留にしているようで……。

ええ、学校へ行かれなくなりましたのは、他の誰でもない、私自身の心の問題なんですの。今はやっぱり、秋になってからも学校へ戻る心持ちにはなれません。

どうして、と仰《おっしゃ》られましても、その理由をお話ししましたところで、つまらないことを長々とお聞かせしてしまうことになりますし、何も変わりませんわ。

え、それでも、私などの話が聞きたい、と仰いますの？　こんな、誰も気に留めないような私の話をお聞きになりたいと……？

本当に、先生はお優しい方でいらっしゃる。でも、先生も見当がついていらっしゃるのではございませんか？

ええ、そうです。岩泉珠代《いわいずみたまよ》さまの件ですの。あの方は、私の恥に満ちた暗くて寂しい日々の中で、唯一光り輝くような、まさしく宝珠のような存在でございましたから……。

先生、私、珠代さまを初めて見たときの衝撃はまだ鮮やかに覚えております。まあ、世の中にはなんて綺麗《きれい》な人がいるのだろうと、茫然自失《ぼうぜんじしつ》としてしまって、しばらく魂の抜けたようになっておりました。

あの方の美しさは、私などの拙《つたな》い言葉では到底表せません。こう申し上げましたらなんですけれど、淑女画報《しゅくじょがほう》に載っていらっしゃるどんなご夫人やご令嬢よりも、珠代さまは気高くお美しい。

あの真珠のような肌、薔薇《ばら》のような唇、星々の輝く夜さながらの瞳……。

ああ、先生、あの方は本当に夜に見る夢のように美しく、儚《はかな》い方でございました。いつも物憂げで、いくつもの楽しいことを想像していらっしゃるかのようなうっとりとした目をきらきらと輝かされて……その可愛《かわい》らしいお声で紡《つむ》がれる素敵なお話は、常に私を夢中にさせて時を忘れさせ、この心を捕らえて放しませんでした。

あの方こそ、本物のお姫さま……世が世であれば、お公家さまのお屋敷の奥座敷、御簾《みす》の向こうで可憐《かれん》な扇で顔を隠されて、香を焚《た》き染めた匂やかな長い袖《そで》を持て余しながら、優雅に歌を詠《よ》まれていたのに違いありません。

そんな想像を珠代さまの上に思い描いてしまうほど、あの方は私の偶像であったのです。

もちろん、家柄でいえば、青山《あおやま》の女学校にはもっと家格の高い、高貴な方々がたくさんいらっしゃいました。珠代さまは、公家の羽林《うりん》家を祖とする伯爵家のご令嬢でいらっしゃいましたけれど、他にも侯爵家や公爵家、そして宮さまの貴いお血筋の方もいらっしゃった……。

けれどそれでも、岩泉珠代という唯一の存在は、私の世界の頂点にあったのです。いいえ、私だけではありません。先生もきっとお感じになられたはずですわ。

あのお方の無邪気さと、残酷さと、そしてあの奇跡のような美しさの前では、誰しも恥ずかしがり屋の子どものように赤面してしまうのだということを……。

二

先生、ここまでお話ししてしまったのなら、私が恥としていたことも包み隠さず打ち明けてしまいますけれど、正直に申し上げて、私にとって、この家も、学校も、この世すべては生き地獄《じごく》でございました。

ご存じの通り、私の父は成金でございます。系譜《けいふ》も何もない、埼玉のはずれにある貧しい農村の、百姓の四男坊だった父。

上野《うえの》の乾物屋へ奉公《ほうこう》に出まして、そこで商売を覚え、小金を稼いで独り立ちしてからは相場で儲《もう》ける方法なども学び、あれよあれよと言う間に大戦の軍需品で儲けた、いわゆる戦争成金でございます。

父は何の身分もない貧しい身の上から成り上がった自分をかの太閤《たいこう》さまなどにたとえま

して、成金と呼ばれるほどに嬉しがる始末、その行状は目を覆わんばかりでございます。妾を山ほど囲い豪邸をいくつも建て、芸妓《げいぎ》を総揚げして裸踊りをさせたり、破いた襖《ふすま》を紙幣《しへい》でつくろったりと、愚行の限りを尽くしまして、世間さまに後ろ指をさされる言動の数々を繰り返して参りました。

そんな父を持ったのですから、私が小さい頃から近所で妾の子と呼ばれていじめられるのも、幼心《おさなごころ》に当然のことと思って諦めておりましたの。諦観《ていかん》した、子どもらしくない子どもでございました。

父に幾人もの妾があることはお話しいたしましたわね。父は成金のお決まりで、富の後は名声が欲しいと、正妻には由緒正しい子爵令嬢を貰《もら》い、そして次々に気に入りの女たちを妾にしていきました。

私の母は深川《ふかがわ》の小料理屋の娘で、貧困《ひんこん》ゆえに九つの頃に新橋《しんばし》の置屋《おきや》に売られた元芸妓でございました。

あの浅草《あさくさ》十二階の『凌雲閣百美人《りょううんかくひゃくびじん》』で一位をいただいたほどの評判の芸妓であったと聞いております。

私は幼い頃から母にそっくりだと言われておりましたが、この体に流れる卑《いや》しい父の血のためか、私には到底自分自身が人に称賛されるものをひとつとして持っているなどとは思われず、いつも目立たぬよう、気にかけられぬよう、日陰に縮こまるように隠れて生きておりました。

そんな私を、父は良家の子女にでも仕立て上げたかったのか、あの歴々たるお姫さま方の通われる青山の女学校に入学させたのでございます。

私の他に平民の学生もいるにはいましたが、私は気品あふれるご令嬢たちと同じ海老茶《えびちゃ》袴《ばかま》を穿《は》いていることすら恥ずかしく、毎日毎日、消え入るような心持ちで青山に通っておりました。

え、そうでございますわね。先生の仰る通り、育ちのよいお嬢様方は、あからさまに陰口を叩《たた》くような下品なことはなさいませんでした。中には私を目の敵《かたき》になさるような方もいらっしゃったのですけれど……。

ええ、きっと先生もご存じでしたわね。私はそれもいたしかたないことと思っておりました。

その方は侯爵家の西城嘉子《さいじょうよしこ》さま。私の父に買われるように嫁いだ正妻のみつ子さまは、嘉子さまの叔母に当たる方でございました。

当時新聞でも『また華族令嬢貧困ゆえの身売り』などと書き立てられ、みつ子さまのご実家は爵位返上は免《まぬが》れたとはいえ、大変恥ずかしい思いをされたはずでございます。

その上、正妻にもかかわらず、みつ子さまにはお子がおできにならない。それなのに、妾たちがどんどん産んでいくのですから、元よりお体の弱い方でしたが、最近はますますはかばかしくなく、屋敷からもお出にならずに、朝から晩までお部屋に引きこもるようになってしまわれたようでございます。

時々父は家族水入らずと申しまして、妾や子どもたちを連れて逗子《ずし》や鎌倉《かまくら》などへ旅行へ行ったり、花見の宴《うたげ》や花火大会の屋形船《やかたぶね》などと、皆が顔を合わせる機会も多いのでございますけれど、みつ子さまはもうそういった場へもいらっしゃらないようになってしまわれました。母屋へ行っても、お部屋から出て来られないものですから、私もとんとお姿をお見かけしておりません。

卑しい成金と望まぬ結婚をさせられた上にそんな状況でございましたので、父からの寵《ちょう》も薄く、みつ子さまは妾の子の私から見ても、本当にお気の毒な、お飾りのお姫さまでございました。

線の細い、か弱い、真綿《まわた》でくるまれた優しい世界でお育ちになられたみつ子さま。

あの方の不幸は、父に買われたときにすでに始まっていたのですわ。父がお金で華族令嬢という栄誉を買ったとき、あの方のお心は雅やかな場所から、冷酷な浮世《うきよ》へと突き落とされてしまったのです。

ですから、みつ子さまの姪《めい》である嘉子さまも、私などを見て気分のよいはずがありません。いつも何かにつけて私の卑しい身分を蔑《さげす》むような、厳しい物言いをされて、私はその度に顔を赤くして俯《うつむ》くことしかできませんでした。

私も人間ですから時には悲しい心持ちにもなりましたけれど、嘉子さまを責めることなどできません。すべて私という存在そのものが悪いのでございます。

平生《へいぜい》ならば侯爵家のご令嬢らしく、淑やかに優雅に過ごされているはずの嘉子さまが、品位ある清らかな女学校にはあまりに不似合いな私という者のために、お心の安寧を汚され、神経を逆なでされるような不快なお心持ちにさせられてしまうことは、お可哀想《かわいそう》という他ありません。

嘉子さまは他の方々には大層お優しく、また正義感にあふれておいでで、才気に満ち、お話もウィットに富んでいらして、いつでも輪の中心にいらっしゃるような方でしたから、そんなご立派な嘉子さまを苛立《いらだ》たせる私の方が、どう見ても悪者なのでございます。

そんな風に考えておりましたから、私は嘉子さまに恨みなど少しも持っておりませんでした。それどころか、感謝してもしきれないくらいなのです。

なぜなら、あのお方が珠代さまと私を結びつけてくだすったからなのです。あのお方がいなければ、私は珠代さまと少しでもお話しできていたかどうかわかりません。

あれは桜の花びらがすっかり散ってしまい、若葉が芽吹き始め、初夏の匂いの漂い始めた四月の中頃のことでございました。

ご結婚が決まり、学校を辞められることとなった子爵令嬢の綾子《あやこ》さまが、嫁ぐにあたってお母さまから古いべっ甲《こう》の簪《かんざし》を譲られたお話をされていて、そこから家宝の話題に移っておりました。

皆様歴史あるすぐれた家の方々ばかりでしたから、聞いているだけでも驚いてしまうような代物ばかりでございます。

かの武将から賜《たまわ》った刀だの、さる茶人《ちゃじん》から譲られた茶器だの、掛《か》け軸《じく》だの、着物だの……そのような中に、成金の娘である私が加われるはずもございませんから、ただお話を伺って感動しているばかりでございました。

そんな私に、嘉子さまが朗《ほが》らかにお声をかけられたのでございます。

「小夜子さまのおうちには、何か古いものがございまして？」

と……。

私は例によって真っ赤になって、ただ下を向くばかりでございました。百姓の父の家にも小料理屋の母の家にも、そんな大層なものがあるわけはございません。

あったとしても、それは父がお金で買ったもので、先祖代々伝わるような代物ではございませんし、それがどこかの家宝であったならば、その本来の持ち主の方の、苦境ゆえにやむにやまれずそれを売り渡すしかなかったという、苦悶の涙を吸った悲しいものでしかなかったのでございます。

そんなあまりにも明々白々とした事実を、自《みずか》らの声に乗せて伝えるほど、私は大胆でも恥知らずでもございませんでした。

　そうしましたら嘉子さまはすぐに、

「まあ、ごめんなさい。そうでしたわよね、小夜子さまはお生まれが……」

と、いかにも今思い出したというように申されまして、周りのお友達と示し合わされたようにくすくすとお笑いになりました。

　何もかも、場違いな場所にいる私が悪いのです。笑っている方々が悪いのではないのです。私がここにいること自体が罪悪であり、この嘲笑《ちょうしょう》は私が当然受けるべき裁きなのです。

口答えもはしたなく泣き叫ぶことも許されず、私はただ顔を伏せて頬《ほお》を恥に赤らめて、貝のように口を閉ざして、周りが私に興味を失うのを待つ他ないのです。

　そんなときでございました。珠代さまが、初めて私に声をかけられたのは。

「あら、あなた、どうしてそんな風に黙っているの。古くさい家宝なんかなくったって、あなたはこんな人よりもずっとずっと綺麗なのに」

　……笑い声は止まりました。私も含め、皆呆気《あっけ》にとられております。

　そうして、私に代わってゆでだこのように真っ赤になってしまったのは、嘉子さまでございました。もちろん嘉子さまは、私のようにただ黙って俯いているような方ではございません。

「まあ、珠代さま。こんな人って、私のことかしら」

「あなた以外にどなたがいて？　鏡をご覧になったことがないのかしら」

嘉子さまは、今度こそ言葉を失ってしまわれました。きっと生まれてからこれまで、こんなひどい辱《はずかし》めを受けたことはなかったのでしょう。

当然です。嘉子さまは侯爵令嬢。美しいと言われこそすれ、醜《みにく》いなどと言われたことなどなかったはずです。

蝶《ちょう》よ花よと育てられ、幾人もの女中《じょちゅう》にかしずかれ、周りにちやほやと甘やかされてお育ちになり、ご自分の意見が通るのが当然という環境で過ごされてきたはずなのです。十五年間、ご自分は美しいのだと、無垢《むく》な心で信じて疑わずに生きてこられたに違いないのです。

けれど、そんな嘉子さまでも、珠代さまの美貌《びぼう》の前に立ったとき、絶対的な美の前では、家格も資産も関係なく、人は誰しも無力なのだということを認めざるを得ないのでございます。

珠代さまの完璧な美しさを直視したとき、また同時に、己の不格好な姿を直視せざるを得ないのです……。

先生、私が荒唐無稽《こうとうむけい》なことを言っているとお思いになる？　先生は、到底信じられぬほどの奇跡的な美しさを目の当《ま》たりにして、動揺せずにいられるのでしょうか？　その完璧な造形を目の前にして、我を忘れずにいられるのでしょうか？

私には、無理でございました。珠代さまに接すれば接するほど、目を奪われ、魂まで抜かれてしまって、珠代さまがどんなに残酷で、悪辣《あくらつ》で、品のない言葉を口にしたとしても、それが可愛らしい悪戯《いたずら》としか思えぬほどに、私はあの方の美しさに心酔してしまっていたのでございます。

三

先生もご存じの通り、ほとんどの女学生が初等部から上がってきた中で、珠代さまは数少ない、中等部から入られた方でございました。なんでもご病気のためにずっと療養しておられて、この春ようやく快復されたので、こうして学校に来ることができるようになったのだということでしたわね。

珠代さまは私に初めて声をかけられたあの日から、毎日私に話しかけてくださるようになりました。

ああ、その喜びといったら、言葉では言い表せません。私の常に厚い雲の垂れ込めていた暗い陰鬱《いんうつ》な日々が、珠代さまと接するようになってから、まるで花の咲き乱れる香《かぐわ》しい楽園のように変わったのでございます。

先生、珠代さまのお側に近寄られたことがありますかしら。あの方はそのお着物や、豊かで艶《つや》やかな黒髪を束ねる幅広のリボンにまで仏蘭西《フランス》香水を染み込ませておいでしたから、あの方が少し小首を傾《かし》げられる、微《かす》かに仰のいてお笑いになる、そんな少しの動作をされる度に、甘く心をときめかすような芳香《ほうこう》が漂ったのでございます。

珠代さまは、ご自身がそうであられるように、よい香りのするもの、何より美しいものが大好きでございました。反対に、醜いもの、穢《けが》らわしいものに対しては、一分《いちぶ》の憐憫《れんびん》もないほど冷酷に憎悪なさる。

ですから、侯爵令嬢で名だたるお姫さまたちの先頭に立つほど立派な方だった嘉子さまに、あんなことを仰られたのです。

嘉子さまは、本当にお気の毒でございました。珠代さまとの一件があってから、何だかしょんぼりとされてしまって、あんなにも太陽のように輝いていらっしゃったというのに、それからはせいぜい短くなった蠟燭《ろうそく》の細々とした火のような大人しさでございました。

珠代さまという方は、本当にふしぎな魅力を持った方で、勉強も、運動も、さほど抜きん出ているわけではないというのに、なぜか珠代さまが発言するときや、行動を起こすときなどは、周りの注目を集めてしまうような雰囲気を備えていらっしゃいました。

もちろん容貌が人並みはずれていらっしゃるということもありますでしょうが、その立ち居振る舞いには、なんと申しましょうか、華があるのでございますわね。

それというのも、珠代さまが周りに一切影響されない、とても自由な方だったからでございます。ずっとご病気で、お屋敷にこもりきりだったせいかもわかりませんが、風変わりとも申しましょうか、次は何をなさるのか、何を仰るのか、予想がつかずに、私などどちょっとハラハラしてしまうこともございました。

かといって、珠代さまはお転婆というわけでもないのです。物憂げで、いつもどこか遠くをご覧になっているような目つきをなさって……その眼差《まなざ》しがまたどきりとするほど悩ましく美しいのでございますけれど……ふいに突拍子もないことを仰るのでございます。本当に、はたと思い出されたように。

ある日など、私にこんなことを仰いました。

「ねえ、小夜子さま。もしもあなたが宝石になったら、どんな方に買われたい？」

これがまた、何の脈絡もなく、本当に唐突なのでございます。きっと珠代さまの頭の中では色々と想像されていて、緻密《ちみつ》なお話が紡がれており、その結果としてそういった問いかけをなさったのだと思いますけれど、私には当然珠代さまの頭の中は見えませんから、突然そう訊ねられても驚いてしまうのでございます。

ですから、私は「考えてみたこともありませんわ」とお答えしました。そうすると、珠代さまは退屈そうな顔をされますので、私は慌てて、「でも、宝石を大切に身につけてくださる方なら、嬉しいですわ」と付け加えました。

するとと珠代さまはこう仰るのです。

「そうね。そして綺麗な人ならいいのだけれど、逆に、ものすごく醜い人でもいいと思うわ。だって、醜い人が宝石を身につければ、一層宝石の美しさが際立つでしょう？　宝石は持ち主を美しく見せるために輝いているのじゃないのよ。天鵞絨《ビロード》の台座に恭《うやうや》しく据えられて、透明の硝子《ガラス》越しに人を夢中にさせるために、馬鹿馬鹿しいほど高いお金を使わせるために、自分の価値を高めるために、あんなにも綺麗にキラキラと輝いているの。私にはわかるのよ。宝石の声が音楽のように聞こえてくるの。さあ、美しい私を買って、あなたの喉《のど》に、腕に、指に飾ってみせて、私をたくさんの人々に見せびらかして、と甘い誘惑の歌を奏でているのよ」

とまあ、普通の人が言えば、随分と子どものようなことを言っている、想像力の逞《たくま》しいことだ、などと思うくらいなのでしょうけれど、珠代さまの愛らしい花びらのような唇からそんな言葉がこぼれますと、どうしてどうして、なるほど確かに宝石は己の美貌を知っているのだ、その声を珠代さまだけが聞いているのだ、美しいもの同士にしかわかり得ぬ世界があるのだなあと、そう感心してしまうのでございます。

面白いでしょう、先生。そうなのです、珠代さまは本当に想像力の豊かな方でいらっしゃいました。きっとご病気で一日中寝台の上にいることしかできなかったとき、本を読んだりレコオドを聴いたりして、様々な想像を巡らせていらっしゃったのだわ、と私は考えておりました。

けれど、珠代さまは病人にありがちなわがままなことはあまり仰いませんでした。もちろん、自由気ままに、思ったこと、感じたことをそのままに、たとえそれが人を傷つけるようなことであっても平然と口にしてしまっていましたけれど、強《し》いて人を従わせようだとか、自分の意に染まなければ腹を立てるだとか、そういったことはなかったのです。

たとえば、誰かに何かを要求したとして、それを拒まれれば、「アラ、そう、じゃあいいわ」とフイとすぐに違う誰かに訊ねるか、またはすっかり違うことに興味を移してしまわれる。

それが当てつけでも何でもなく、心からの率直な素振りですので、そうすると、拒んだ方としては、なんだか歯がゆいような、肩すかしを食らったような心持ちになって、思わず珠代さまの興味を引きたくなってしまう。

このふしぎな化学反応と申しましょうか、微妙な心の動きのためか、珠代さまはそのあまりに自由なお振る舞いにもかかわらず、誰にも嫌われず、疎《うと》まれず、さながら自由に花畑を飛び回る蝶のようでございました。

そんな珠代さまに、なぜ私のようなつまらない者が興味を持っていただけたのかといえば、この母譲りの容貌のためだったのでございます。

「小夜子さまはとても綺麗だわ。あまりお喋りでないのが素敵だわ。美しくても、余計なことばかりを喋って台無しにしてしまう人は嫌いなの。小夜子さまには、綺麗なことだけを口にしていてほしいわ」

と、珠代さまは仰いました。

「私は美しいものだけ、可愛らしいものだけを見て、聞いていたいの。どうしてこの世には醜いものが存在するのかしら？　人を嫌な気持ちにさせるようなものは、生きている価値がないわ。そこにあるだけで罪深いのに、それを自覚しようともしないでのうのうと呼吸をしているなんて、本当に頭に来てしまう」

と過激なことまで仰って、その度に私が目を丸くするのを見ては、珠代さまはお笑いになるのでございます。

そのいたずらっ子のようなお顔を見て、まあ今のは冗談だったのかしら、などと思うのですけれど、珠代さまの仰ることは冗談なのか真剣なのか、現実のことなのか想像のことなのか、ちょっと曖昧《あいまい》なところがございまして、私は少なからず戸惑う場面もございました。

珠代さまの口にする主張はあまりにも極端なものばかりだとは思いますけれど、やはり珠代さまほど美しければ、そのようなお考えになってしまうものなのだ、と結局、自然と納得してしまったものでございます。

四

珠代さまの過激さは、やれ女性の人権だ、自立だ、といったあの青鞜《せいとう》かぶれなどというものとはまた違った種類の苛烈《かれつ》さでございます。

珠代さまの価値観では、美しさがすべてであり、醜いものは死ぬべき存在で、それはある意味自然のむごたらしさと申しましょうか、弱肉強食にも似た残酷な決まりごとでございました。

すべてにおいてそれを徹底していらっしゃるので、珠代さまはご自分のお部屋には綺麗なものしか置かないし、お屋敷の中にも美しいものしか飾らないと仰います。

珠代さまの仰ることが、決して誇張《こちょう》ではなかったということが、私が実際にお屋敷に招かれたときにわかりました。

珠代さまは赤坂の瀟洒《しょうしゃ》な洋館に住んでいらっしゃって、まあそこが外観からして素敵な佇《たたず》まいなのでございます。

なんでも英吉利《イギリス》人建築家の手によるものらしく、白煉瓦《しろれんが》でできた塀の内側には立派な楢《なら》の木が葉を茂らせておりまして、お屋敷の白い壁や赤い屋根には悠然と蔦《つた》が絡みつき、緑のカアテンを作っているのでございます。

中へ入れば美しく優雅なステンドグラスが玄関を飾り、アアル・ヌウヴォ調の装飾を施《ほどこ》され、磨き抜かれつやつやとした柱が高い天井を支えております。至る所に匂やかな花々が彩りも鮮やかに活《い》けられておりまして、その粋《いき》な風合いが西洋風のお屋敷と相まって、素晴らしく格調高く好ましいものに見えたのでございます。

もちろん広さでいえばここの方がずっと広いのですけれど、建物全体の気品と申しますか、何とも言われぬ淑やかな趣向がそこここに凝《こ》らされており、家主の品位が滲《にじ》んでいるようでありました。金にあかせて作った成金趣味のものとは、自《おの》ずと品格が違っているのでございましょう。

家令《かれい》らしきお年を召した方が恭しく出迎えにいらっしゃって、珠代さまはその方を「じいや」と親しげに呼んでおりました。

数人の女中たちも珠代さまの帰宅と見るや飛んできてお世話をし、その奉公人たちの振る舞いの品のよさもまた、このお屋敷の一部となって、私を感心させるのでした。

そして私が思わずハッとしてしまったのは、壁にかけられたいくつもの油画《あぶらえ》でございました。どれも立派な金の額縁に入れられて静かに訪問者を見下ろしているのですけれど、その見事なことと言ったら、私のような絵心のない者でも、うっとりと見入ってしまうほどでございました。

あるものは朝靄《あさもや》のけぶる神秘的な深い森を、あるものは淡い夢のこぼれるような藤棚を、またあるものは蒼白《あおじろ》い月を映し出す鏡のように静かな湖を、まさしくそのキャンバスの中にそれぞれの美しい世界を、生き生きと描き出していたのでございます。

「珠代さま、あの素晴らしい絵はどなたがお描きになったの？」

と私が訊ねますと、珠代さまは大層嬉しそうな顔をなさって、

「あら、やっぱりあの絵が気になったのね。小夜子さまは絵がお好きなの？」

と私に聞き返されました。

私は頷《うなず》きましたが、それは飽くまでも鑑賞することであり、私自身が絵を描くのは得意ではなく、また珠代さまも私と同様にその方面に関しては不得手であったはずなのですが、私がこのお屋敷にある絵のことに触れますと、明らかに上機嫌になっておいででした。

「いいわ、小夜子さまなら。私のとっておきの宝物を見せてさしあげるわ」

と仰って、私の手を引いて赤い絨毯《じゅうたん》の敷かれた階段を上って行かれるのです。

二階の角部屋に誘われれば、そこは一目で珠代さまのお部屋とわかる、とても少女らしい、可愛らしい空間でございました。生成《きな》り色の壁紙には細やかな花柄が描かれており、蝶や兎《うさぎ》などの動物の彫られた大理石のマントルピイスや、丸い卓子《たくし》や本棚などはすべて壁と同じ色で統一され、窓にかかるカアテンは優雅な薔薇色で、その奥に白いレエスのカアテンが覗《のぞ》いております。天蓋《てんがい》つきの寝台も薔薇色と生成り色とで揃《そろ》えられており、クロオゼットの上にはたくさんの可愛らしい仏蘭西人形が据えられておりました。

珠代さまは私をゴブラン織の椅子《いす》に座らせ、部屋の隅《すみ》の本棚の後ろから、何やら大きな

ものを大切そうに取り出されました。

それは淡い桜色の薄絹に包まれたキャンバスのようでございます。幅が二尺ほど、長さが二尺八寸ほどはございましたかしら。

珠代さまが私の目の前でその覆いを取り去りますと、その下から現れたものに、私は大きな声を上げてしまいそうになりました。

そこには、真っ赤な着物を着た等身大の珠代さまが描かれていたのでございます。ええ、それは確かに、このお屋敷に飾られている油画を描かれた方によるものであるとはっきりとわかる、素晴らしく緻密で美しいものでございました。

私は息をするのも忘れて、その油画を凝視しておりました。見つめれば見つめるほど、顔が火照《ほて》って、手指の先が痺《しび》れ、大きな興奮に打たれて、私は呆然《ぼうぜん》としておりました。

ああ、言葉を尽くしても言い表せぬほどの珠代さまの美しさを、なんと忠実に、いいえ、それ以上に見えるほどに生々しく、なんと凄艶《せいえん》に描かれていたことでしょう。

珠代さまの練り絹のような白い皮膚の肌理《きめ》の細かさ、淡く色づいた丹花《たんか》の唇のみずみずしさ、物問いたげな、夢見るような大きな瞳の輝き、その額の生え際の柔らかな産毛の一本一本まで、恐ろしいほど細やかに、執念を感じるほどに、それはそれは丹念に描写されておりました。

けれどひとつふしぎであったのは、珠代さま自身の描写の繊細さと相反するような、赤い着物の描かれ方でした。

それは画面の中では腰から上だけの部分ではございましたけれど、筆でべったりとなすったようにまったく平面的で、ほとんど陰影すら描き込まれておりませんでした。

私などの絵心のない者にはわからぬような意図や手法があったのやもしれませんけれど、その燃えるような赤が珠代さまの白い肌に張りつくように描かれていて、その奇妙な差異が、却《かえ》って珠代さまをますます本物らしく、まさにこのキャンバスの中に息づいているかのように、ふしぎとなまめかしく見せているのでございます。

「まあ、素晴らしいわ……こんな素敵なものを、どうして本棚の奥に隠していらっしゃるの?」

私が思わずそう訊ねますと、珠代さまは娘らしく頰を赤く染めて、

「だって、あんまりそっくりなんですもの。そんなものを飾っているだなんて、ここに私が二人いるようで、おかしいでしょう?」

と恥ずかしそうに仰るのです。まあ、珠代さまでも、そのようなことをお考えになるのか、と私は意外な心持ちがいたしました。

だって、珠代さまは美しいものだけをこのお屋敷やお部屋に置いておきたいと仰っていたのです。この油画は私にはここにある何よりも美しいもののように思われるのに、珠代さまは恥ずかしがって隠そうとなさる。

けれど、「とっておきの宝物」と仰るからには、やはりとても大切にされているのでしょう。もしかすると、いちばん大切なものは、人に見せびらかさずに自分だけのものにしておきたいというお心持ちだったのかもしれません。

「この絵はね、おにいさまが描いてくださすったの」

「まあ。珠代さまのお兄さまが……」

珠代さまにご兄弟がいらっしゃるというのは初耳でございました。

これまで、珠代さまはまったくご自分のご家族のことをお話しされていなかったので、私は珠代さまの家のことをこの日まで何も存じ上げなかったのでございます。

「おにいさまはね、欧羅巴《ヨオロッパ》で絵の勉強をなさってきたの。それで、ぜひ私を描きたいと仰って、この絵を描いてくださすったのよ」

「まあ……そうだったんですのね」

珠代さまのお兄さまなら、さぞかし美しい殿御《とのご》であられることでしょう。美しい兄が、美しい妹を描く……その妖しくも密《ひそ》やかな光景を想像して、私はのぼせ上がってしまったものでした。

誰だってこの細やかに描かれた絵を見れば、それが相当の愛情を持って描かれたものだということがわかります。私は珠代さまの想像癖が移ってしまったかのように、珠代さまの麗《うるわ》しいお兄さまのことをあれこれと想像いたしました。

きっと珠代さまのお父さまもお母さまも、夢のようにお綺麗な方々なのに違いありません。

なんとまあ、美しいご家族があったことでしょう。美しいお屋敷に、美しいご家族に、美しい珠代さま……。

そうして、私はますます珠代さまに夢中になってしまったのでございます。

先生は私のあまりの呆気なさに驚き呆《あき》れられるかもしれませんけれど、それほど珠代さまとそのお屋敷の美しさは私を陶然とさせ、私の人生にまとわりつく暗い陰の存在を忘れさせてくれたのです。

私にとって珠代さまは、女神さまのような……きっと嘉子さまへの一言で場を沈黙させたあのときから、私の魂は珠代さまに強く惹《ひ》きつけられてしまったのでございますわ。

五

私たちは珠代さまのお部屋で、じいやさんが運んできてくれた紅茶と焼き菓子をいただきながら、とても楽しいひとときを過ごしました。

けれどその後が地獄でございました。私は珠代さまのお屋敷で夢のような時間を堪能した後、あの向島の自宅へ戻らねばならなかったのでございます。

あの恥知らずで、いやらしい、いつも分厚く塗り込めた白粉《おしろい》の匂いをさせているような、あの忌《い》まわしい屋敷へ。ああ、その落差と言ったら、天と地との差でございました。

「小夜子さん。今日は随分お帰りが遅かったのね」

母は、今日も別の妾の家に父が足を運んだことに腹を立て、苛々しております。

けれど私は、父など来ない方が幸せなのです。なぜって、父は私を、

「お前はますます母親の若い頃に似てきたね」

と妙にねばねばとした目で観察し、酔っぱらうと私を幼子《おさなご》のように膝《ひざ》にのせて、頬に接《せっ》吻《ぷん》までしようとするのです。私はそれがとても嫌で、父が来るといつも逃げるように自分の部屋に引きこもってしまいます。酔った父は口の端に泡をためて、フラフラと千鳥足《ちどりあし》で私の後を追いかけ、鍵のかかった部屋のドアを強くノックするのです。

「おうい、お父さまの言うことを聞きなさい。おうい」

と胴間声《どうまごえ》を上げ、母がたしなめに来るまでそれを続けるのでございます。

あるときなど、就寝時にうっかり鍵をかけ忘れた夜、ふと何かの気配に目を覚ましますと、真っ暗な部屋の中で、洋燈《ランプ》もつけずに、父が眠っている私の顔を血走った目でじっと見下ろしていることがございました。

私は驚いてけたたましい叫び声を上げ、母や女中が飛んできまして、父は例によって酔っておりますので、母の部屋と間違えたのだと申しましたけれど、あの夜以来、私は恐ろ

しくて寝る前に何度も部屋の鍵を確認せずにはおれなくなりました。

父のそんな行いのためか、母は他の妾はもちろん、娘の私にまで嫉妬《しっと》をするようになりました。

「まだ十五のくせに、あなたはもう色目を使うことを覚えたの」

などとおかしなことを言って、私を陰険な目つきで睨《にら》むのです。

母は九つのときに置屋へ売られた時分から、女でございました。子を産んで親になってもそれは変わりません。

母は、一生女。私などから見れば、まだ十分に女の色香《いろか》を残しているように見えるというのに、鏡台の前で老いた老いたと嘆いては、私を見て恨めしそうな顔をするのです。

父がここへ来ると、母は濃い化粧をして、しなを作って、媚《こび》を売って、必死で父を接待いたします。父はそれを母の痛ましい努力とも思わず、さも当然な顔をして、遠慮のない無体な真似《まね》をするのです。

少しでも機嫌を損ねれば他へ行ってしまいますので、父のお気に入りの私に嫉妬をしながらも、母は、

「お父さまがいいと仰るまでここにいなさい」

と私に命じるのでございます。

この家には、煙草《たばこ》と、お酒と、白粉と、嫉妬と憎悪と、みだらなにおいとが入り交じっ

て、胸の悪くなるような湿った空気がどろどろと澱《よど》んで漂っているのでございます。悪意がこの敷地全体にはびこっていて、女たちのため息と、すすり泣きと、喘《あえ》ぎとが恐ろしい妖気となって、成金趣味のけばけばしい屋敷の内にそくそくと醸し出されているのでございます。

先生、こんな家で育った私が、珠代さまのお屋敷を夢のような場所と思うのも無理からぬことでございましょう?

だって珠代さまのお屋敷には、美しいものしかないのですもの。醜いものや汚いものや意地悪なものなど何もなく、品のよい調度品と匂やかなお花と、優しくてよく気のつく奉公人たちと、無邪気な珠代さま。そしてあの素晴らしい油画しかないのですもの。

私は一度珠代さまのお屋敷へ招かれてから、ほとんど毎日のように、学校帰りにお邪魔するようになりました。珠代さまと私の仲が深まったこともございますけれど、私は向島に帰る時間をなるべく遅くしたかったのでございます。

「ねえ、珠代さま。あなたは男の人をどうお思いになって?」

あるとき、いつものように珠代さまのお部屋でお茶を楽しんでいる最中、私はふと、そんなことを訊ねてみました。

すると、珠代さまは目を丸くして、

「まあ。小夜子さまから殿方のお話が出るだなんて、驚いた」

と、ころころと鈴を転がすようにお笑いになります。私は思わず赤くなって、

「だって、私も珠代さまも、いずれは誰かの許《もと》に嫁がねばならない身の上でしょう？」

と申しました。

級友たちの間でも、もう幾人か縁談がまとまり、お嫁にいくことが決まっております。私たち女に学問はさほど重要なことではございませんので、嫁ぐことが決まってしまえば、卒業も待たずにさっさと学校を辞めてしまうのです。ですから、卒業まで学校に残っていられるということは、ある意味では不名誉なことでもございました。

女は、男に嫁がねば意味のない存在でございます。いくら嫌と言っても、女に生まれたからには誰かの妻にならねばなりません。

そして珠代さまは、こんなにもお美しく、お家柄もきちんとしていらっしゃるのだから、それこそ降るような縁談があってもおかしくはないはずなのでございます。けれど、珠代さまの口からついぞそんなお話は伺ったことがなかったものですから、珠代さまは男の人や結婚についてどのようにお考えなのかしらと、私は思ったのでございます。

「私、男の人は嫌いよ」

珠代さまは軽やかにそう仰いました。

「醜くて、汚くて、臭くって。煙草の臭いもお酒の臭いも嫌いなの。少し鼻先に触れるだけで、ぞっとしてしまうわ」

私は大いに頷きました。その臭いは父の臭いなのです。父は、若い頃はどうだったかわかりませんが、今では精養軒《せいようけん》だの帝国《ていこく》ホテルだの花月《かげつ》だのと毎日立派なところで豪勢な食事をしておりますので、顎《あご》も見えないほどにぶくぶくと肥え太っておりました。兄たちも同じように肥え始め、歩くのも大儀そうでございます。

髭《ひげ》は勇ましく黒々と生やし、髪もきっちりと油で後ろへ撫《な》でつけて、洒落《しゃれ》た服装などもしておりますけれど、その不摂生な生活は、姿形を見れば一目瞭然《いちもくりょうぜん》でございます。

私にとっての男といえば、父と兄たちなのです。あの人たちは、本当に醜い。まさしく、珠代さまの仰る通りでございました。

「おにいさまだけだわ。綺麗な男の人は」

「珠代さまのお兄さまって、どんなお姿をされていらっしゃるのかしら」

「おにいさまは、とても背が高いのよ。六尺近くもあるかしら。普段は和装を好まれるのだけれど、お骨柄《こつがら》がすぐれていらっしゃるから、洋装もとてもよくお似合いなの。外国暮らしが長かったので、立ち居振る舞いも青い目の異人と何ら変わりないのよ。日本の女性は夫の後を三歩下がって歩くことを強いられるけれど、あちらではすべて女性が優先されるの。おにいさまは日本でもそれを実践されているので、女の人は皆おにいさまの優しさに驚いてしまうのよ」

「まあ。素敵だわ」

「今はまた外国へ行っていらっしゃるの。残念だわ。そうでなければ、小夜子さまもお目にかかれたはずなのに。おにいさまの水ぎわだった殿御振りは、他では見たことがないくらいなの。どんな役者だって敵《かな》いはしないわ。そうそう、おにいさまはヴァイオリンも弾かれるのだけれど、その素晴らしさときたら、その道でも食べていかれるのではないかと思うくらいよ。小さい頃から仏蘭西人の先生に習っていたんだけれど、欧羅巴を巡るようになってからまたあちらで腕を磨かれたの。小夜子さまはタイスの瞑想曲《めいそうきょく》ってご存じかしら？　私、おにいさまの奏でるあの曲が大好きなの。一時期は毎晩せがんで、おにいさまを困らせたほどなのよ……」

こんなにも美しい油画を描かれる上に、ヴァイオリンも演奏されるなんてと、私は珠代さまのお話を伺っているだけでぽうっとしてしまいました。珠代さまはひとたびお兄さまのお話を始めると止まらなくなってしまいます。異国にいる兄恋しさなのでしょうか。

私にも兄はおりますけれど、こんな風に誰かに語れるような兄ではありません。同じ「おにいさま」だというのに、まあ何という違いでしょうと、私は少し悲しくもなって参るのでございます。

けれど、珠代さまのお兄さまが実際お屋敷にいらっしゃらなくて、私はよかったのではないかと思いました。だって、そんなにも素晴らしく美しい殿方を目にしたら、向島のあの人々がますます醜く見えてしまうではありませんか。

珠代さまはそれからお兄さまのお話ばかりをなさるようになりました。私は最初夢中になって聞いていたのですけれど、少し経《た》つと、なにやら気になることが出て参りました。

珠代さまが「おにいさま」と口にするとき、その声はふしぎに甘く、舌ったらずなような調子になるのです。私は、その声音《こわね》をどこかで聞いたことがあるような気がしておりました。その記憶を探り、ついに見つけたとき、私はハッといたしました。

それは、母が父に対し、媚を売るときの声音でございました。母が父を恋《こ》い、どうかいつまでもここにいてくださいとおもねるときの声に、少し似ていたのでございます。

珠代さまは、お兄さまに恋をされているのだ。私は直感いたしました。なんということでしょう。実のご兄妹《きょうだい》だというのに……いいえ、私の勘違いだわ。私はそう思い直そうと努力をいたしました。

それでも、一度発見してしまえば、振り払っても振り払ってもその想像は消えず、次第にそうとしか思われないようになって参ったのでございます。

珠代さまがお兄さまを語るときの、あの潤んだ眼差し、上気した頰、その甘い声……ただの肉親への情愛である、それ以上のものはこもっていないなどと、どうして申せましょうか。

その表情はいかにも、カリグラとドルシッラの、チェーザレとルクレツィアの間にある情念のごとく、禁断の愛の色に染められていたのでございます……。

そう感じたときから、私の心にはふしぎな変化が起こり始めました。あれほどうっとりと聞いていた「おにいさま」のお話に、嫉妬するようになってしまったのでございます。

　珠代さまは私の家にもご興味を持っておられましたので、恥と思いながらも何度かお招きしましたけれど、そのときですらお話はお兄さまのことばかり。

「小夜子さまのお家は広いのねえ。お庭もとっても豪華。おにいさまがここを訪れたら、きっと絵を描きたくてたまらなくなるはずよ。そうね……あの見事な百合《ゆり》の花を主役にされると思うわ。おにいさまは何よりも綺麗に咲いた花がお好きでいらっしゃるから」

　と仰られたり、部屋へ入って出した茶菓子を召し上がっては、

「まあ、このくず餅《もち》、亀戸天神《かめいどてんじん》の船橋屋《ふなばしや》ね？　おにいさまもこれが大好物なの。外国からの手紙でも、わざわざ『あの味が恋しい』なんて書かれてきたほどなのよ」

　などと仰います。

「おにいさまのお手紙にはいつも薔薇の香水が染み込ませてあって、開くととてもよい香りがするの。いつも私のために可愛らしいリボンを入れてくださって、『これで髪を結わえたお前を想像してお前の絵を描いている』と仰って……」

「まあ。それじゃ、珠代さまのお兄さまはあちらでも珠代さまの絵を？」

「ええ、そうよ。おにいさまは日本を発《た》たれる前に私の写真をいくつも撮らせて、それを持って船に乗られたの。おにいさまは日本よりも欧羅巴の方ですでに有名になられていて、

あちらでおにいさまが個展を開く度に、黒山の人だかりができるそうよ。けれど、個展には私の絵は出さないの。私のことは、ご自分のためだけに描いていらっしゃるのよ」

「まあ……素晴らしいわ。お兄さまは、珠代さまを本当に愛していらっしゃるのね……」

私はにこにこと微笑《ほほえ》んで珠代さまのお話を聞きながら、心の内では身悶《みもだ》えんばかりの嫉妬の炎が燃え盛っておりました。

珠代さまのお話しになる、お兄さまの美しさ、お兄さまの聡明さ、お兄さまの香しさ……そんなものが憎くて憎くて、たまらないようになって参ったのでございます。

これがもしも珠代さまの一方的な恋慕の情だとしたのなら、私もさほど苦しまずに済んだのでしょうけれど、あの珠代さまを描いた油画を見れば、お兄さまの方も珠代さまを深く愛しているのに違いないということが、火を見るより明らかなのでございます。

ただの妹を描いたというだけの心持ちならば、あれほどのものは到底描けますまい。あれは、愛《いと》しくてたまらない女の絵でございます。つまらぬ小娘の私ですけれど、そんな私にすらわかるほどの気迫が、そのキャンバスからは感ぜられるのでございます。

私が最初にあの絵を見たときに、あっと声を上げそうになってしまったのも、そのあまりにものすごい情念に打たれたからなのでございます。あの、ひとふでひとふでに込められた思いの丈は、実際に目にしなければわかりません。

珠代さまとお兄さまの間には、余人が割って入る隙間《すきま》などまるでない、お二人は肉親という繋《つな》がり以上に、固い固い絆《きずな》で結ばれている……そう思いましたら、私はほとんど恋に溺《おぼ》れた女のように、混乱してしまったのでございます。

六

ああ、先生、申し訳ありません、気がつけばこんな話ばかり……私、珠代さまのこととなると、もう嗜《たしな》みも忘れて、いても立ってもいられなくなるような心持ちになってしまうんですの。

そう、私が学校へ行かれなくなってしまった理由でございましたわよね。ええ、そう、その理由は岩泉珠代さま。

珠代さまが失踪《しっそう》されてしまってから、もう一月ほど経ちましたかしら……。私、珠代さまのいらっしゃらない学校には、もう何の価値も見いだせなくなってしまったんですの。

珠代さまは梅雨《つゆ》の明けかかったあの日、私の部屋で過ごされてから、赤坂のお屋敷にお戻りになる最中に、ふっと煙のように消えてしまわれて……。

先生は、珠代さまがいらっしゃらなくなってから、珠代さまと仲のよかった私に、何か心当たりはないかとお訊ねになりましたわね。

私はあのとき、何にもお答えできませんでした。ただ、珠代さまがいなくなってしまわれて、いちばん胸を痛めているのはあのお兄さまでしょうと思い、先生にこう申し上げたのですわよね。

「珠代さまのお兄さまには連絡はとれまして？」

と。もしもこのことがお兄さまのお耳に入りましたら、さぞかしご心配されていることと思いましたので……。

けれど、先生は、私の問いかけに対し、大層怪訝《けげん》な顔をなさった。そうして、

「岩泉さんにお兄さまはいらっしゃいませんよ」

と、仰った……。

私は、夢を見ているような心持ちでございました。だって、あれほど詳細に、情熱的に珠代さまが語っておられた「おにいさま」が、実際にはいらっしゃらなかった、だなんて……。

珠代さまはあの豊か過ぎる想像力で、「おにいさま」まで創《つく》り上げてしまったのでしょうか。いいえ、それではあの油画の説明がつきません。いくら珠代さまの想像力が逞しかったとしても、想像力で絵は描けませんわね。珠代さまの図画の能力では、あんな素晴らしい絵が描けないことは明らかでございますもの。

ですので、私はこう考えたのです。珠代さまには肉親の「おにいさま」はいらっしゃらなかった。けれど、珠代さまが「おにいさま」と呼んでいらっしゃった「誰か」は、確か

に存在していたのだと……。

　私は、それを確かめるために珠代さまのお屋敷へ一人で向かい、すっかり顔なじみになっていたじいやさんに、色々なことをお訊ねしてみました。

　私はこれまで、珠代さまのご家族のことに関しては、肉親だと思い込んでいた「おにいさま」のことしか存じ上げませんでした。けれど、冷静に考えてみれば、私はこの赤坂のお屋敷で、珠代さまのお父さまにも、お母さまにも、お会いしたことがなかったのです。

　これまでは珠代さまやあの油画に夢中で、他の人たちに会わずとも、私は何もふしぎに思っておりませんでした。私がこのお屋敷にいる時間は限られているのだし、その間に奉公人たちとしか顔を合わせなかったとしても、そんなにおかしなことではないと思っていたのです。

　じいやさんは、珠代さまが失踪されて、お寂しいお心持ちもあったのでしょう。珠代さまと親しかった私が訪ねていくと、ご親切にも応接間に通してくださり、そこでたくさんお話をしてくださいました。

　あんなにも珠代さまと一緒にいた私ですから、じいやさんは当然、家のことも知っているものと信じ込んでおられて、次々に驚くような事情を打ち明けてくださったのでございます。

まず最初に驚いたことは、実は、珠代さまは、ご病気ではなかったということでございます。

私は、珠代さまがご病気ゆえに、ずっと学校に行かれず、ようやく快復されたので通えることとなった、と聞いておりました。これは私だけでなく、先生や級友たちも聞かされていたことでございますわね。

けれど、珠代さまはご病気ではなかった。珠代さまを学校に行かせなかったのは、珠代さまのお父さまでございました。

珠代さまはお母さまを早くに亡くされて、そしてお父さまは、それ以来少しお心を病まれてしまったご様子で、お母さまに生き写しだったという珠代さまに強く執着され、お屋敷から出そうとしなかったのです。

じいやさんは大層珠代さまに同情されておいでてした。珠代さまのお母さまは元々お体の弱い方だったそうですけれど、珠代さまは大変お元気で、あふれるような若さをお持ちでしたのに、お父さまのためにずっと日の当たらぬお屋敷の中に閉じ込められ、本当にお気の毒であったと仰られておりました。

珠代さまはお母さまが亡くなられてからずっとお屋敷の中で家庭教師によってすべてのことを学ばれたそうでございます。そうして、一日の大半はお父さまのお部屋でお過ごしになられていらした、と……。

珠代さまのお父さまは外で娘が病気の種を拾ってはいけない、事故にあってはいけないなどという、病的な心配ゆえにそうされていたようなのですけれど、皮肉にも、そのお父さま自身が昨年、流行の感冒《かんぼう》にかかってしまったのでございます。

そして、不幸にも、お父さまのご容態が悪化し、そのまま亡くなられてしまった後、珠代さまの後見人となった珠代さまの父方の叔父さまによって、珠代さまの学校へ行きたいという希望が叶《かな》えられたのでございます。

叔父さまは、珠代さまがこれまで学校へ行かれなかった理由というものが、あまりにも尋常でなかったものですから、ご病気だったという建前をお作りになって、珠代さまを学校へと送り出されたのでございますわね。

伯爵の爵位はその叔父さまの息子……つまり、珠代さまの従弟《いとこ》が岩泉家の養子となることで、お継ぎになることとなった次第と伺いました。

とはいっても、その方はまだ初等部に通っておられるようなお歳《とし》でございますので、屋敷を移るのどうの、という話にはならなかったようでございます。

ですから、あの赤坂のお屋敷には、珠代さまお一人きり……週末には後見人の叔父さまや他の親戚の方も見えるようですけれど、私が学校帰りに立ち寄る時分には、どなたもいらっしゃらなかったのでございますわね。

え、それじゃ、あの油画は誰が描いたのか、ですって?

ええ……先生がふしぎに思うのも無理からぬことでございます。私が赤坂のお屋敷にわざわざ伺って、本当にお訊ねしたかったのは、そのことでございました。

私はたくさんの驚くようなお話を聞いた後、おもむろにじいやさんに伺いましたの。

「このお屋敷にある油画は、どなたが描かれたものなのですか」

と……。まさか、珠代さまのように「おにいさま」がお描きになったとは仰るはずもありません。

先生。あの油画は、珠代さまのお父さまがお描きになったものだったのでございます。若い時分に欧羅巴に油画の勉強に行ったのも、珠代さまのお父さまでございました。

応接間には珠代さまのお父さまのお写真が飾られておりましたけれど、私、そのとき初めて珠代さまのお父さまのお写真も拝見させていただきましたの。ええ、いつも珠代さまのお部屋でお話ししておりましたから、応接間に入るのは初めてだったのでございます。

お父さまは、珠代さまとは似ても似つかぬ、枯れ木のように痩《や》せた、眼光ばかりがぎらぎらとして鋭い、醜い老人でございました。なんと申しましょうか、執念を人の形にしたような……こんなことを申し上げるのは大変失礼とわかっていますけれど、それが私が最初に感じた珠代さまのお父さまの印象でございました。

恐らく、大層遅いご結婚か、珠代さまのお母さまは後妻だったのでございましょう。それとも、何らかの事情で、あのような老いた姿になってしまわれたのでしょうか……。

先生。私、それで何もかもわかってしまいましたのよ。ええ、何もかも。

あの、珠代さまのお父さまが描かれたという珠代さまの油画は、きっと本当は一糸まとわぬ裸だったのですわ。着物を脱がされ、裸にされて、珠代さまは描かれていたのです。

あの着物は、お父さまの亡くなられた後に、珠代さまご自身が描き足されたのでしょう。それで、あの赤い着物だけ、ただべったりと塗り込めたような、奇妙な具合になってしまったのですわ。

あの赤い絵の具の下には、それこそ執念の筆遣いで、珠代さまの生まれたままの柔い肌が描かれていたのに違いありません。あのお顔をつぶさに描かれたのと同じほどの丁寧さで、珠代さまの華奢《きやしや》な鎖骨《さこつ》も、なだらかな肩も、みずみずしい乳房《ちぶさ》も、生き生きと描かれていたのに違いないのでございます。

珠代さまが、どんなお気持ちでそれを塗り潰《つぶ》されたのか……ああ、先生、私にはわかってしまうのです。同じように、おぞましい父を持った娘として、理解できてしまうのです。

きっと珠代さまは、ああして真っ赤な着物をこしらえることで、お父さまの目から逃れようとなさったのですわ。もうすでにこの世にないとしても、あの凄《すさ》まじい執念すら感じる生々しい絵には、お父さまの目がそのまま宿っておられたのでしょう。

本当は、あの絵そのものをなくしてしまわれたかったことでしょう。けれど珠代さまは、美しいものを愛していらっしゃった。あの絵は、壊して捨ててしまうには、あまりにも美し過ぎたのです。

それに、あまりにもご自分に生き写しで……きっと破ったり燃やしたりしては、ご自身までも同じような目にあってしまうとお思いになってしまったのではないでしょうか。

苦悩の果てに、珠代さまは、ご自分の人には見せられぬ肌にだけ、赤い着物をお着せになった。決してお上手ではない不器用な筆で、下の肉色を見せまいと、懸命に分厚く、赤い色をお重ねになった……。

そして珠代さまは、おぞましいお父さまの記憶を消すために、あの豊かな想像力で、美しい「おにいさま」をお創りになったのです。

そうすれば、お父さまに描かれたあの嫌悪すべき絵は、「おにいさま」の描いてくださった「宝物」になりますもの。

珠代さまはきっと、私に熱心に話されたように、必死で「おにいさま」を具体的に形作ったことでしょう。「おにいさま」はこんな素晴らしいお姿をしていらっしゃる、「おにいさま」のお声はとてもお優しく麗しく、そして「おにいさま」の香りはまるで花のように香しい……。

そうしているうちに、まるで本物の「おにいさま」が存在するかのように錯覚されて、しまいには、恋をしてしまったのです。「おにいさま」の存在を色濃くしようと躍起になるあまりに、忌まわしいお父さまの影を消してしまいたいあまりに、珠代さまは正気を失ってしまわれていた……。

ああ、お可哀想な珠代さま！　お気の毒な珠代さま……！

七

先生、手巾《ハンカチ》をありがとうございます。

ごめんなさい、泣いたりなんかして。私、珠代さまのことを思うと、いつも感情が昂《たかぶ》ってしまうんです。

先生も、びっくりなさったでしょう。当然でございますわ。

「おにいさま」が珠代さまの想像の産物であり、その原因がお父さまだっただなんて……。

私だって、しばらくは自分の導き出した答えに懐疑的でございました。けれど、どう考え直してみても、やはり同じ答えに行き着いてしまうのでございます。

それにしても、本当に、私はなんて滑稽《こっけい》な嫉妬を覚えていたのでございましょうね。幻影に勝てるわけがございません。私の嫉妬は、ぶつける相手のないものだったのですわ……。

先生、まあ、こんな私を慰めてくださすって、ありがとうございます。

確かに私は珠代さまに夢中で、珠代さまをお慕いし、実在しない「おにいさま」に嫉妬を覚えるほど、珠代さまを愛しておりました。

けれど、私は平気です。泣いてしまったから、説得力がないかしら。でも、強がりなんかじゃありませんのよ。

なぜって、珠代さまは私の許にちゃあんといらっしゃるのですから。

ふふふ……、先生、まあそんなお顔をなさって。もちろん、珠代さまご自身がここにいらっしゃるわけではございません。

私、実はじいやさんに頼み込んで、あの珠代さまの絵を譲っていただいたんですの。

もちろん、普通は奉公人の一存では無理なことでございますわね。けれど、私が珠代さまを描かれた油画のことをお話ししたとき、じいやさんはその絵のことをご存じなかったのです。

私が珠代さまのお部屋に入って、本棚の後ろからあの絵を出してみせますと、それは驚いたお顔をなさっておりましたわ。

きっと、あの絵は描き上がってすぐに、隠されたものだったのでしょう。珠代さまのお父さまはきっとご自分だけであの絵を楽しまれたかったのに違いありません。そして、お父さまが亡くなられてからは、珠代さまがお隠しになった……。

ですから、あの絵のことは、あのお屋敷ではどなたも与《あずか》り知らぬ、幻の絵だったのでございます。

じいやさんは本当にいい方で、珠代さまが私にだけに見せたのなら、その絵を私が所持していても、珠代さまはお気になさらないでしょう、と仰ってくださいました。むしろ、たとえば他の親族の方にその絵の存在が明らかとなり、多くの人の目に晒《さら》されることの方が、珠代さまは望まれないだろうと考えられたのですわね。

ですから、私の強い希望で、私はあの素晴らしい油画を手に入れることができたのでございます。もちろん、珠代さまが戻られた暁《あかつき》には、お返しするともお約束しましたわ。親友を失ってしまった私に、せめてもの慰めであの絵を譲ってくださったのですわね。

ま……、先生ったら。ふふふ、そうなのですわ。実は、私が珠代さまのお屋敷を訪れた大事な理由のひとつが、その油画を譲っていただくことでございましたの。

正直に申し上げて、あの絵を一目見たときから、私はあのキャンバスに描かれた珠代さまのことが一日たりとも忘れられなくなってしまったのです。珠代さまご自身に恋をしているのか、それとも、あの油画の珠代さまに恋をしているのか……そんなことがわからなくなってしまったほどでございました。

え、その譲っていただいた絵は、今どこにあるのか、と？

私も珠代さまと同じように、どこかに飾るのではなく、普段は布で覆って見えない場所に隠しておりますの。あの絵は秘してこそ価値のあるもの……そんな風に思えますし、それに、私は珠代さまを愛し過ぎておりますので、どんな形でも、独り占めをしておきたいのでございます。珠代さまのお父さま同様に……。

ご覧になってみたい？　先生。本当はどなたにもお見せしたくないんですけれど……ここまでお話しした先生にでしたら、お見せしてもよろしいですわ。

でも、きっと内緒にしてくださいましね。今のお話も、これから見る珠代さまの油画のことも……。そうお約束していただけるのでなければ、お見せすることはできませんわ。

私がこんな風に珠代さまのことを語るのは、先生が初めてなんでございます。

先生もご存じの通り、私はいつも顔を伏せて、常に物陰に隠れているような性分でございますから、自分のことすらろくに誰かに話したことはございませんでした。

先生になら、と思いましたのは……どうしてでございましょうね。もしかすると、私も誰かに聞いてほしかったのかもしれません。

私の心持ちというよりも、珠代さまのことを……。あまりに美し過ぎた、あの方のことを……。

さあ、先生、どうぞお入りになって。しっかりとドアの鍵をかけて、そう……そして、そこの肘《ひじ》掛け椅子にお座りになってくださいまし。

ええ、そう、このキャンバスなんですの。大きいでしょう。こんなものがずっと珠代さまと珠代さまのお父さま以外の目に触れずにいただなんて、本当に驚いてしまいますわね。もっとも、珠代さまのお父さまは膨大な数の絵を描いていらしたそうですから、大半は譲ったり処分なさったりとされたようですけれど……。

さあ、覆いを取りますわ。心のご準備はよろしいですかしら。

……ねえ、先生。いかがかしら。その目でご覧になって、どうお思いになって？

いいえいいえ、わかりますわ。お察し申し上げますわ。先生は今、とても感激していらっしゃる。感激というよりも……もしかすると、戦慄《せんりつ》かもわかりませんわね。

だって私がそうでございましたから。この絵を初めて見た瞬間、私は驚きと興奮と、そして激しい戦《おのの》きに、我を忘れそうになったのでございます。

どうでございましょう、この絵はまさに珠代さまそのものでございますわね。

けれども、先生、私がこう申し上げても、きっと信じてもらえないと思うのですけれど、ここに描かれている珠代さまは、日に日に美しくなっていくんですの。

本当ですわ。毎日観察している私だから気づくのです。

ええ、もちろん、元のままでも大層美しく描かれておりました。モデルの珠代さまが、まさしく無双の美貌なのですから、そのままに描き写せば、美しいのは当然なのでございます。

けれど、そうではございませんの。なんと申しましょうか……日を追う毎《ごと》に、凄味《すごみ》を増していくと申しましょうか……。

私思うのですけれど、この絵の珠代さまは、もうとうに、本物の珠代さまの美しさを超えていると思うのです。

お父さまの執念が込められているためもありましょう。珠代さまの「おにいさま」への情念のためかもわかりません。

ほら、先生、ようくご覧になって。この繊細な睫毛《まつげ》は今にも瞬《まばた》きをしそうじゃございませんこと？　このみずみずしい唇は、今にも淡いため息をこぼしそうじゃございませんこと？　このつやつやとした丸い雪白の頬は、今にも恥じらいに震え、ぽうと血の気をのぼらせそうじゃございませんこと……？

ええ、そうなのです。この絵はすでに魂を吹き込まれ、呼吸をして生きているのでございますわ。ただもの言わぬだけで、確かに珠代さまはここに生きていらっしゃる……。

先生、私、今思い出しましたの。珠代さまの仰ったこと。

珠代さまは、「美しくても、余計なことばかりを喋って台無しにしてしまう人は嫌いなの」と仰っておられました。だから大人しい私などを気に入ってくださった。

ええ、まさしく珠代さまの仰る通りなのでございますわ。この絵の珠代さまは、もの言わぬだけに、より一層美しい。感情がないだけに、表情を動かされることがないだけに、ここには永遠の美しさがあるのでございますわ。そう、一度珠代さまがたとえ話でお話しされたような、宝石の美しさがここにあるのでございます……。

ええ、私が珠代さまと最後にお会いしたのは、この部屋でございました。丁度先生の座っていらっしゃる肘掛け椅子に、珠代さまも腰を下ろされて……そうして、いつものように、「おにいさま」のお話をなさいましたの。

まだ「おにいさま」が珠代さまの創りものであると知らなかった私は、詮無《せんな》い嫉妬をしておりました。本当はもう「おにいさま」のお話など少しも耳にしたくなかったのですけれど、珠代さまのご機嫌を損ねたくないばっかりに、珠代さまに嫌われたくないばっかりに、私は大人しく聞いておりました。

けれど、私の嫉妬はもう心の縁のいっぱいにまで溜まってしまって、あふれ出す寸前でございました。ですから、私は愚《おろ》かなことを口走ってしまったのです。

「珠代さまのお兄さまが戻られたら、ぜひお会いしてみたいわ。珠代さまのお話を伺っていると、大層素晴らしい、素敵な殿方でございますもの。お兄さまは、まだ独身でいらっしゃるんでしょう？」

私が考えなしにそんなことを申し上げましたら、その途端、珠代さまの表情が一変されました。

「まあ、小夜子さま。もしかして、私のおにいさまに恋をしてしまったの？　確かにおにいさまは未《いま》だにお独りでいらっしゃるけれど、そんなことを気にされるだなんて……おにいさまと恋仲になりたいの？　私のおにいさまを奪ってしまうおつもりなの？」

　珠代さまの剣幕に仰天して、私はとんでもないと首を振りました。

「そんなつもりじゃないわ、珠代さま。私はただ、一度でいいから、珠代さまのお兄さまのお顔を拝見してみたいだけ。珠代さまのお話を伺っていれば大層お美しい、素晴らしい殿方でいらっしゃるのに、まだご結婚されていないのかとふしぎに思っただけですわ」

　そう申し上げましても、珠代さまはこれまで見なかったほどに惑乱されて、私を批難いたしました。おにいさまは私だけのもの、おにいさまは誰にも会わせたりしない、おにいさまは私だけを見ている、と……。

　ああ、その、嫉妬に駆られた珠代さまのお顔の、醜いこと。髪を振り乱し、目はつり上がり、こめかみに血管が膨らみ、唇が歪《ゆが》んで、顔色は憤《いきどお》りのために真っ赤になって……。先生。私は、絶望したのでございます。あんなにもお美しかった珠代さまが、ただの女になってしまわれた。

　私の母のように、この向島の屋敷にいる妾たちのように、ただの醜い女になってしまわれた。

　珠代さまは仰っておりました。醜いものは消えるべきだ。死ぬべきだ、と。

　そこまで過激に醜さを憎悪していらっしゃった珠代さまが、嫉妬というありふれた感情を表すことによって、目も当てられぬほどに醜くなってしまわれたのです。元々が恐ろしいほどに美麗だった方だけに、その落差は目を覆いたいほど、無惨なものでございました。

今考えてみれば、おかしなものでございますわね。珠代さまの恋い慕う「おにいさま」は珠代さまご自身の想像であったというのに、珠代さまはご自分の創作物に執着されるあまりに、美しさを損なわれてしまったのでございます。

それでもまあ、珠代さまご自身が醜悪《しゅうあく》になってしまわれたというのに、この絵の珠代さまの美しいこと……。いいえ、絵が変わらないというだけでなく、珠代さまが醜くなるほどに、この絵はますます輝きを増しているように思うのです。

もしかすると、珠代さまの美をこの絵が吸い取ってしまったのかもしれませんわね。なんだか、そんな風にも思えて参りました。

この絵を眺めているだけで、私の絶望も、悲しみも、跡形もなく消え去ってしまうのでございます。ここには、珠代さまが失ってしまわれた美しさが、いえ、それ以上の美が息づいているのです。

この絵に描かれたとき、恐らく珠代さまは十四かそこらだったかと思いますけれど、もうこの珠代さまは十五の珠代さまをも超えて、寒気のするような女の魅力をあふれるほどにお持ちでいらっしゃいます。

ああ、この肌、この唇、この眼差し……先生、この珠代さまの魅惑は、まるで万華鏡《まんげきょう》のようでございますわね。清楚《せいそ》な少女のようにいじらしく、可憐に見えたかと思えば、次の瞬間には、練れた年増女のように、艶冶《えんや》でなまめかしく見え、蠱惑《こわく》的ですらあります。

生身の人間なんて、この珠代さまに比べたら、なんて底の浅い、味気ないものなんでしょう。絵は、嫉妬もせず、つまらない言葉もこぼさず、老いず、永遠に美しい……。願わくば、私もこんな体など捨てて、この絵の中に入ってしまいたいと思いますわ。そうすれば、私もずっと、珠代さまの気に入ってくだすったこの姿のまま、美しい珠代さまといられますもの……。

八

まあ、私ったら夢中になって、また恥ずかしいことをべらべらと……。

本当に申し訳ありませんわ、先生。さあ、絵画鑑賞は、もう十分でございますわね。珠代さまも先生にさんざ見つめられて、恥ずかしがっておりますわ。ほら、心なしか頬が少し赤くなって……ふふ、お可愛らしい珠代さま。元通りに覆いをかけて、隠してさしあげましょう。

ね、先生。応接間に戻りませんこと？　珠代さまの「おにいさま」も好きだと仰った、船橋屋のくず餅もございますのよ。お茶も新しいものを淹れ直させていただきますわ。それとも、カルピスを召し上がりたい？　ええ、どちらでもお好みのものを。

あら、もうこんな時刻。日も傾きかけて、少しは涼しくなって参りましたわね……。

先生、そういうわけで、私はもう学校に戻ることはございません。あそこにはもう珠代さまがいらっしゃらないのだし、本当に美しい珠代さまは、ここにあるのですもの。

私はもう片時も、珠代さまと離れたくはないんでございますの。今は毎日庭の手入れをして、時間さえあれば珠代さまの絵に話しかけ、その美しさを愛《め》で、幸福に過ごしております。

今更私が学校に戻ったところで、何の価値もない日常に帰るだけでございます。珠代さまのいらっしゃらなかった、あの暗く湿った毎日に……。

ね、先生。そういえば、ここの敷地でお迷いになったときに、お庭を楽しまれたと仰られておりましたわよね。

ここから見えるお庭は、ほとんど私がお世話しているんですのよ。

母は虫が嫌いだと言って何もしませんし、父の頼んでいる庭師はあまり私の好みの庭を作ってくれないものですから……。

ご覧になってくださいまし、あそこの四阿《あずまや》の前にある松葉牡丹《まつばぼたん》の蕾《つぼみ》を。

珠代さまのいらっしゃった頃に咲いていた百合もそれはもう立派に花開いたのでござい

ますけれど、あの松葉牡丹には特別なよい肥料をたっぷりとくれてやりましたの。ですからきっと素晴らしく大きく、みずみずしい花が咲くはずですわ。それはもう立派な、香しい、まるで珠代さまのように美しい花が……。

初出一覧

『小説家・裏雅の気ままな探偵稼業』……………………書き下ろし
『珠代』…………………………………Ｃｏｂａｌｔ　二〇一五年九月号

※この作品はフィクションです。実在の人物・団体・事件などにはいっさい関係ありません。

集英社オレンジ文庫をお買い上げいただき、ありがとうございます。
ご意見・ご感想をお待ちしております。

●あて先
〒101-8050　東京都千代田区一ツ橋2-5-10
集英社オレンジ文庫編集部 気付
丸木文華先生

集英社
オレンジ文庫

小説家・裏雅の気ままな探偵稼業

2017年11月22日　第1刷発行

著　者　丸木文華
発行者　北畠輝幸
発行所　株式会社集英社
〒101-8050東京都千代田区一ツ橋2-5-10
電話【編集部】03-3230-6352
【読者係】03-3230-6080
【販売部】03-3230-6393（書店専用）
印刷所　図書印刷株式会社

※定価はカバーに表示してあります

ISBN 978-4-08-680160-7 C0193

集英社オレンジ文庫

一原みう

私の愛しいモーツァルト

悪妻コンスタンツェの告白《アリア》

多くの謎に包まれた天才音楽家
モーツァルトの死を、彼をひたすらに
愛し続けた妻の視点で見つめなおす
歴史異聞。モーツァルトの生涯と
その妻の純愛と挫折と秘密とは…!?